Christiane Gezeck

Montags, 18.30 Uhr

Oder: SCHWEIGEN IST SILBER, REDEN IST GOLD

Roman

Layout: Reinhard Gezeck

Herstellung und Verlag: Books on Demand GmbH,

Norderstedt

ISBN 978-3-7386-0280-7

Wer psychologische Romane verfassen und über Menschen schreiben will, hält sich am besten zwei Katzen.

Aldous Leonard Huxley

PROLOG

„Ich geh da nicht hin."

„Ach, komm. Sei kein Frosch."

„Da sitzen lauter fremde Menschen und starren mich an."

„Du bist ihnen doch mindestens ebenso fremd wie sie dir. Also starrst du einfach zurück."

„Ich kann das nicht. Ich bin nicht gemacht dafür."

„Wofür bist du nicht gemacht? Fürs Zuhören?"

„Doch, das kann ich gut. Aber mein Innerstes nach außen zu kehren, mein Seelenleben vor Menschen auszubreiten, die ich noch nie in meinem Leben gesehen habe - das kann ich einfach nicht. Und das will ich auch nicht! Du weißt doch, was Oma schon immer gesagt hat: Reden ist Silber, Schweigen ist Gold!"

„Eben - das hat Oma gesagt. Vor einer kleinen Ewigkeit. Meinst du nicht, dass sich dieser Spruch inzwischen ins Gegenteil verkehrt haben könnte? Schweigen ist Silber, Reden ist Gold?"

„Hm ....?"

„Versuch's doch einfach mal. Montag, 18.30 Uhr!"

15. Februar

Die Stühle in dem halbdunklen Raum sind im Kreis aufgestellt, in seiner Mitte flackern auf Holztellern festgeklebte Kerzen, ihre Flammen verzerren sich in Schräglage, sobald sich jemand bewegt. Als Magda eintrifft, bleibt sie einen kurzen Augenblick in der Tür stehen, bis sich ihre Augen an das Halbdunkel gewöhnt haben. Ein Blick in die Runde scheint ihre Befürchtungen zu bestätigen: Der Kurs wird übervoll. Instinktiv orientiert sie sich nach rechts, was ihr die weniger besetzte Seite zu sein scheint, legt ihre Tasche auf einem Stuhl ab und schält sich aus der regennassen Jacke.

Sorgfältig achtet sie darauf, der rundlichen Frau auf dem Stuhl neben ihr nicht zu nahe zu kommen, denn die starrt mit fest zusammengekniffenen Lippen auf ihre Hände, die sie zwischen den Knien eingeklemmt hat. Magda murmelt ein leises „Guten Abend", das schmallippig beantwortet wird, dann wendet sie sich der Frau zu, die munter plappernd in der Mitte des Stuhlkreises steht. Die wildgelockten Haare haben sich aus dem roten Gummiband gelöst, und in dem unförmigen grauen Strickmantel, der ihr bis an die Knie reicht und dessen Ärmel ihr immer wieder über die Hände rutschen, erinnert sie Magda an die Betreiberin des Öko-Marktes in ihrer Straße. Kaum spürt sie Magdas Blick auf sich ruhen, wendet sie sich um und geht mit weit geöffneten Armen auf sie zu.

„Hallo, ich bin die Vera, ich freue mich, dass du da bist!" Magda spürt, wie sie sich versteift, streckt Vera aber tapfer lächelnd eine Hand entgegen und sagt: „Hallo, ich bin Magda, ich glaube, wir haben telefoniert?" „Aber ja, Magda! Natürlich, ich erinnere mich!", jubelt Vera, drückt Magdas Hand herzlich und kraftvoll und wirbelt herum, um zwei Neuankömmlinge zu begrüßen.

Zu ihrem Stuhl zurückgekehrt, müht sie sich, ihre Tasche darunter zu verstauen, während sie aus dem Augenwinkel die beiden Frauen beobachtet, die Vera jetzt in Empfang nimmt. Die kleinere von beiden schreitet die Runde ab, reicht jedem der Wartenden die Hand und begrüßt sie herzlich lächelnd. Da sie die rechte Hand leicht angewinkelt vor die Brust drückt, reicht sie Magda die Linke, was sich fremd anfühlt.

Kurz bevor Vera die Tür zum Flur schließt, eilt noch ein Mann herein, wirft hastig einen Blick in die Runde und quetscht sich auf den Stuhl links von Magda. Er zerrt ein Taschentuch aus der Tasche, fährt sich über Stirn und Nacken und tupft sich dann die Spuckefäden aus den Mundwinkeln. Dann zupft er an den Manschetten seines Oberhemdes herum und versucht, sie bis auf die Hände zu ziehen. Schließlich steckt er beide Hände unter die Oberschenkel und bleibt darauf sitzen.

Magda schlägt die Beine übereinander, verschränkt locker die Hände vor der Brust und sieht Vera über den Rand ihrer Brille hinweg erwartungsvoll entgegen, als die jetzt ihren Platz am Fenster einnimmt. In dem Moment jedoch, in dem Ruhe einkehrt, springt sie auch schon wieder auf und kehrt mit einem großen Schritt in die Mitte des Stuhlkreises zurück.

Sie schickt einen funkelnden Blick in die Runde. Sie strahlt, sie glüht geradezu, drückt beide Hände aufs Herz und holt tief Luft. „Ich freue mich sehr, euch alle hier heute Abend begrüßen zu dürfen!", beginnt sie, und fast scheint es Magda, als zittere ihre Stimme ein wenig. „Mit einer solchen Resonanz hatte ich nicht gerechnet, als ich mich mit meiner Idee, eine Gesprächsrunde ins Leben zu rufen, an die Volkshochschule wandte. Im Gegenteil, wir haben diesen Versuch gestartet mit der Befürchtung, dass dieser Kurs womöglich mangels Masse gar nicht zustande käme, und nun bin ich völlig erschlagen, wenn ich mich umsehe und in eins, zwei, drei ....", mit ausgestrecktem Zeigefinger zählt sie das Rund des Kreises ab, „... siebzehn Paar Augen sehe und in ihnen die Frage lese, was euch hier wohl erwartet."

Vera macht eine Pause, in der sie mit zusammengelegten Händen lächelnd von einem zum anderen blickt. „Ja, ‚Entspannung und Gespräch', so haben wir diesen Kurs genannt, und natürlich möchtet ihr wissen, was ihr euch darunter vorzustellen habt. Als erstes und wichtigstes möchte ich dies vorwegschicken: In meinen Kursen duzen wir uns. Das ‚du' schafft Vertrauen, Vertrautheit, es bewirkt, dass wir liebevoll und fürsorglich miteinander umgehen, es schafft Nähe auf direkte, unverfälschte Art." Ein bedeutungsvoller Blick wandert über den Kreis der Zuhörer hin.

„Doch zunächst möchte ich euch kurz etwas zu meiner Person sagen, damit ihr überhaupt wisst, mit wem ihr es zu tun habt." Wieder nickt sie lächelnd von einem zum andern, lässt dann die Hände sinken und kehrt zu ihrem Platz am

Fenster zurück. „Nun, wie ihr es ja auch schon dem Programmheft der VHS entnommen haben werdet, bin ich Sozialpädagogin, Diplomsozialpädagogin, um genau zu sein. Seit der Geburt meiner Tochter bin ich freiberuflich tätig, das heißt, ich arbeite mit der Volkshochschule zusammen, mit den Krankenkassen und anderen Organisationen, stehe aber auch jederzeit für Einzelgespräche oder -therapien zur Verfügung. Wenn also jemand von euch mehr für sich tun möchte, als wir ihm in dieser Runde bieten können, darf er sich selbstverständlich jederzeit vertrauensvoll an mich wenden. Es ist alles nur eine Frage der Absprache." Ein schneller Blick nach rechts und links zeigt Magda, dass alle siebzehn Augenpaare fest auf die im Schoß ruhenden, zusammengelegten Hände gerichtet sind.

„Nun ja", fährt Vera vielleicht ein wenig zu hastig fort, „im Rahmen dieses Kurses, der ja ein Selbsthilfekurs ist, das heißt also Hilfe zur Selbsthilfe bieten soll, wollen wir uns zwei großen Themen widmen: der Entspannung und dem Gespräch. Was die Entspannung betrifft, so möchte ich euch mit verschiedenen Techniken bekanntmachen, die leicht zu erlernen und jederzeit und problemlos zuhause oder unterwegs anzuwenden sind. Ihr werdet überrascht sein, welche Auswirkungen eine tiefenwirksame Entspannung, angefangen bei der richtigen Atmung bis hin zur Muskelrelaxation, auf euer gesamtes Leben haben kann. Darauf dürft ihr euch wirklich freuen."

Sie nickt bekräftigend und stellt beide Füße fest auf den Boden. „Und natürlich dürft ihr euch auch auf den zweiten, nicht weniger wichtigen Teil unserer Arbeit freuen: das Gespräch."

Einige der Teilnehmerinnen schlagen die Beine übereinander oder wickeln die Füße um die Stuhlbeine, setzen sich gerade auf oder streichen sich die Haare aus dem Gesicht.

Aus dem Augenwinkel bemerkt Magda, wie ihr Sitznachbar sich kurz mit dem Taschentuch über die Stirn fährt.

„Wie ich ja schon einigen von euch am Telefon sagte, haben wir uns verschiedene Ziele gesteckt: Wir wollen lernen, uns zu öffnen, das heißt, wir wollen nicht nur lernen, dem anderen unsere Aufmerksamkeit zu schenken, ihm aktiv zuzuhören und ganz bei ihm oder ihr zu sein, sondern wir wollen auch lernen, das in Worte zu fassen und in Form von Worten loszulassen oder sogar preiszugeben, was uns und unser Sein einengt, was uns in unserer geistigen und seelischen Bewegungsfreiheit und Entwicklung einschränkt oder hemmt und uns vielleicht schon seit langer Zeit belastet und beschwert."

Vera macht eine Pause. Ihr Lächeln ist sanft und begütigend, sie nickt dem einen oder der anderen aufmunternd zu und seufzt dann tief auf: „Doch nun genug der Vorrede - lasst uns beginnen!"

Unruhe macht sich breit, man räuspert sich, ändert die Sitzposition, greift nach dem Taschentuch. Vera hält einen kleinen gefilzten Ball hoch. „Dies hier ist unser ‚Redeball‘, ich habe ihn gestern mit meiner Tochter zusammen extra für euch gemacht." Sie erntet dankbares Lächeln. „Wer immer diesen Redeball in Händen hält, ist befugt und aufgefordert, zu .... na?" Sie wendet sich erwartungsvoll nach rechts. „Na? Was tun wir wohl, wenn wir den Redeball bekommen?", fragt sie die Frau in der roten Lederjacke. „Reden vermutlich", antwortet die, und ihr Ton macht deutlich, dass ihr persönlich gerade nicht danach zumute ist.

„Richtig!", freut sich Vera. „Wer den Redeball erhält, ist aufgefordert zu reden. Und damit wir uns erst einmal überhaupt kennen und mit Namen anreden lernen, schicken wir unseren kleinen Ball in der Runde herum. Namen können wir uns leichter und besser merken, wenn wir sie mit einem

Begriff verknüpfen können, und so schlage ich vor, dass sich jeder zu seinem Namen einen Begriff überlegt, der mit demselben Anfangsbuchstaben wie sein Name beginnt. Also, ich sage jetzt einfach mal: ‚Ich bin Vera-Veritas!'"

Sie lacht laut auf und reicht den Filzball weiter an ihre rechte Sitznachbarin. Die junge Frau rutscht auf ihrem Stuhl hin und her, bekommt hektische rote Flecken auf den Wangen und flüstert dann: „Barbara-Rhabarber." Magda, die Mühe hat, überhaupt etwas zu verstehen, beißt sich auf die Lippen. „Okay, Barbara, ich fürchte, ich hab's nicht richtig erklärt", begütigt Vera-Veritas schnell. „Vom Klang her hast du natürlich Recht, ‚Barbara' und ‚Rhabarber' haben wirklich viel Ähnlichkeit miteinander. Aber ich dachte eher daran, dass auch der Begriff, mit dem wir deinen Namen in Verbindung bringen können, mit demselben Buchstaben beginnen sollte wie dein Name, also mit ‚B', verstehst du?"

Als sie sieht, dass die junge Frau bereits mit den Tränen kämpft, lenkt sie schnell ein: „Wie wär's mit ‚Barbara-Barbecue'? Könnten wir uns damit anfreunden?" Sie streicht Barbara sanft über den Arm, und während auf der anderen Seite des Kreises ein dicker Mann heftig applaudiert, nimmt Vera-Veritas Barbara-Barbecue den Filzball aus der Hand und reicht ihn weiter rechtsherum.

Von den siebzehn Personen, die da im Halbdunkel im Kreis herumsitzen, sind vierzehn Frauen. Magda lauscht den abenteuerlichsten Kombinationen - „Sybille-Sardelle", „Christa-Chaos" und „Monika-Mondgesicht" sind nur einige davon - während sie plötzlich feststellt, dass sie nicht die geringste Idee hat, welchen Begriff sie mit ihrem eigenen Namen kombinieren könnte.

„Magda-Magen" denkt sie, weil der sich bei dieser Erkenntnis wie üblich in ihrem Inneren zusammenknäuelt. „Magda-Masern", weil die Masern ihr die Sehfähigkeit ihres linken Auges geraubt haben. „Magda-Maultasche", weil sie die so gerne isst. Und dann plötzlich hört sie Lenas Stimme ganz dicht an ihrem Ohr, sieht das Zwinkern in ihren Augen und fängt fast an zu lachen, als sie das verschwörerisch gemurmelte „Magda-Mausezahn" hört - Trost und Aufforderung zugleich.

Die Männer heißen „Rüdiger-Rübezahl" und „Holger-Hotzenplotz", was Veras uneingeschränkte Bewunderung hervorruft, nur der kleine Mann neben Magda, der sich, je näher die Reihe an ihn kommt, desto heftiger über Gesicht und Nacken wischt, bleibt stumm, als er den Redeball in Händen hält. Sein Mund öffnet und schließt sich wieder, von der Seite kann Magda die Spuckefäden sehen, die sich in seinen Mundwinkeln dehnen und wieder zusammenziehen. Vera lächelt ihm aufmunternd zu.

Der kleine Mann setzt sich gerade hin, räuspert sich ein ums andere Mal und stammelt schließlich: „I...i....ich bin d...d...der Norbert, u....u...und mir f...f....fällt k...k...kein Begriff ein." - Betretenes Schweigen. Nur der dicke Holger-Hotzenplotz kann sich das Grinsen nicht verkneifen, erntet dafür allerdings einen tadelnden Blick von Vera-Veritas. „Ganz ruhig, Norbert", sagt diese denn auch, „gaaaanz ruhig. Alles ist gut. Niemand drängt dich. Lass dir Zeit, Norbert, wir haben alle Zeit der Welt."

Diese Beteuerungen scheinen wenig Eindruck auf Norbert zu machen, unaufhörlich fährt sein großes Taschentuch über sein kleines Gesicht, dann zupft er wieder an seinen Manschetten. „Nun?", wendet Vera-Veritas sich hilfesuchend an die Runde. „Fällt jemandem etwas ein, das wir mit Norberts Namen in Verbindung bringen könnten?"

Nach kurzem Zögern meldet Sybille-Sardelle sich. Sie hebt den Finger wie in der Schule, zögernd und eigentlich doch nicht wirklich. „Ja ... bitte!", freut sich Vera-Veritas, und es ist offensichtlich, dass sie Sybille-Sardelles Namen grad nicht parat hat. „Was schlägst du vor?" Sybille-Sardelle lächelt verschämt, dann haucht sie: „Wie wäre es mit Norbert-Nordpol?" Vera-Veritas ist begeistert, die Runde atmet erleichtert auf, und ab sofort ist Norbert ‚Norbert-Nordpol', ob es ihm nun passt oder nicht. Magdas „Mausezahn" erntet das zu erwartende Gelächter, und so fehlt nur noch die rundliche Frau neben ihr, die nun die Hände zwischen den Knien hervorzieht, vorsichtig den Blick hebt und dann mit erstaunlich tiefer Stimme sagt: „Ich bin Renate-Regen."

„Wunderbar!" Vera-Veritas klatscht in die Hände, bedankt sich bei allen Teilnehmern und wirft den Redeball leicht in die Luft. Als sie ihn wieder aufgefangen hat, wird sie ernst. „Ich bitte euch, euch die Namen gut zu merken, denn es wird ein Weilchen dauern, bis wir uns alle kennengelernt haben und uns mit Namen anreden können. Und um all unsere guten Ideen zu festigen, schlage ich vor, dass wir jetzt eine kleine Kreuz-und-quer-Runde, eine kleine Abfrage-Runde einlegen. Ich werfe unseren Redeball jetzt dir da drüben zu ...", sie trifft Christa-Chaos mitten zwischen die Augen, „und sage dir, wie du heißt: Christa-Chaos!" Christa-Chaos schnellt hoch, fischt den Redeball zwischen den Kerzen heraus und kehrt zu ihrem Stuhl zurück. Mit dem Ball in der Hand blickt sie suchend in die Runde.

„Schnell, Christa", ruft Vera-Veritas, „das muss ganz schnell gehen. Zack - zack - zack!" Christa-Chaos wirft den Ball Renate-Regen in den Schoß, ruft „Renate-Granate" und presst die Lippen fest aufeinander, als das Gelächter über sie hereinbricht.

Aber jetzt kommt Schwung in die Runde: Renate-Regen ruft Eva-Elfe, Eva-Elfe gibt weiter an Norbert-Nordpol, Norbert-Nordpol stammelt Jana-Jaguar, die legt den Ball Maria-Mandarine in den Schoß, von Maria-Mandarine wandert der

Ball zu Katharina-Kuli, von ihr zu Magda-Mausezahn und von dort zu Charlotte-Champagner. Vera-Veritas platzt fast vor Stolz auf ihre Truppe, und wirklich haben sich innerhalb kürzester Zeit so etwas wie Leichtigkeit und Vertrautheit ausgebreitet.

Nach der dritten Runde machen sich erste Ermüdungserscheinungen bemerkbar, und Vera-Veritas macht Rüdiger-Rübezahl Zeichen, ihr den Redeballl zuzuspielen. „Ich denke, wir haben heute schon ganz viel geschafft", beginnt sie. Ihr Blick wandert über lächelnde Gesichter, leicht gerötete Wangen und glänzende Augen. „Wir haben uns neue Namen gegeben, die vielleicht, ganz vielleicht ja sogar wirklich in irgendeiner Beziehung zu unserer Person, unserem Schicksal oder unseren Wünschen stehen; wir haben uns einander zugewandt und uns vertraut gemacht, wir haben zusammen gelacht und hatten zusammen Spaß." Zustimmendes Nicken von allen Seiten. „Wir haben uns zusammengefunden unter dem Motto ‚Entspannung und Gespräch'. Nun, das Gespräch will, wie ich ja schon angedeutet habe, gut vorbereitet sein, aber die Entspannung möchte ich euch nicht vorenthalten, damit können und werden wir noch heute beginnen."

Sie greift hinter sich und drückt eine Taste des CD-Players, der dort auf der Fensterbank steht. Gleich darauf ertönt Wellenrauschen, leise und gleichmäßig, das irgendwann übergeht in zart hingehauchte Klaviermusik, unmelodisch, aber harmonisch.

„Bitte setzt euch bequem hin", fordert Vera-Veritas die Gruppe auf. „Stellt die Füße fest auf den Boden und erdet euch. Legt die Hände offen und locker auf eure Oberschenkel. Schließt die Augen. - Du bist ganz ruhig. Du bist ganz bei dir. Dein Atem fließt leicht und regelmäßig. Du atmest ein, du atmest aus, ein und aus, ganz gleichmäßig, ohne dein Zutun. - Und wir beginnen unsere Reise durch den Körper ..."

Ihre Stimme gleitet durch den Raum, sanft und geschmeidig, ohne Höhen und Tiefen, ohne Ecken und Kanten. Das Klavier leitet und führt nicht nur ihre Stimme, sondern auch die Bilder in Magdas Kopf, gegen die sie sich nicht wehren kann, die heranbranden wie die Wellen an den Strand. Sie sitzt hoch aufgerichtet, die Füße dicht nebeneinander und fest auf dem Boden, die Hände mit den Handflächen nach oben locker auf den Oberschenkeln ruhend. Sie lauscht auf ihren Atem, versucht, ihn so zu steuern, dass er gleichmäßig kommt und geht. Doch er entzieht sich ihr, macht sich selbständig und verstolpert sich. Sie öffnet den Mund und reckt den Kopf. Luft! Luft! Sie reißt die Brille herunter, fährt sich mit den Händen übers Gesicht. Es ist nass, tränennass. Mit hämmerndem Herzen wartet sie, dass Vera die Übung beendet und die Gruppe zurückführt ins Hier und Jetzt.

„Wir recken und strecken und räkeln uns nach Kräften", fordert Vera sie auf und geht mit gutem Beispiel voran. „Schüttelt euch und rüttelt euch und genießt die Frische, die euch durchströmt!" Als sich alle wachgerüttelt und -geschüttelt haben, leitet Vera die Abschlussrunde ein. „Wie geht es dir, wie fühlst du dich .... Maria-Mandarine?" Jeden einzelnen befragt sie, jedem einzelnen wünscht sie eine gute Heimfahrt und eine gute Zeit. Jeder einzelne bedankt sich lächelnd, ruft, flüstert oder nickt ein „Tschüß" in den Raum - und ist verschwunden.

Als Magda ihr Auto startet, ist sie entschlossen, ihre Anmeldung zu dem Kurs zurückzuziehen.

Maria

Maria schließt die Haustür auf und tastet nach dem Lichtschalter. Im Flur glimmt zögernd die kleine Lampe mit der Energiesparbirne auf. Mit der Hand am Schalter verharrt sie einen Augenblick, sieht ihren Mann, wie er dort auf dem Küchenhocker stehend die Birne austauscht und lächelt.

„Ich bin wieder da, Lieber", flüstert sie und dreht sich zurück zur Tür, wo sie zunächst die Kette vorlegt und sich dann bemüht, die Tür abzuschließen. Es dauert immer eine kleine Ewigkeit, sie muss sich konzentrieren, um mit der linken Hand zielgerichtete Bewegungen auszuführen, auch die Kraft fehlt ihr oft, die ihr damals in der gesunden Rechten zur Verfügung stand. Aber sie ist zäh, sie gibt nicht auf. Langsam nimmt sie die Brille von der Nase und haucht die beschlagenen Gläser an, dann setzt sie sie genauso langsam wieder auf.

„Ich habe dir etwas mitgebracht." Ihre Linke sucht nach der Jackentasche, gleitet hinein und holt ein grünes Plastikfeuerzeug heraus. „Es lag vor dem Radiogeschäft auf dem Bürgersteig, und es funktioniert noch, glaube ich." Sie legt es auf das wollene Deckchen des kleinen Garderobentisches und beginnt, den Reißverschluss ihrer Jacke zu öffnen.

„Das scheint eine nette Runde zu sein", sagt sie leise, als sie die Straßenschuhe gegen die leichten Hausschuhe tauscht. „Es sind sogar drei Männer dabei!" Über die Schulter hinweg wirft sie ihm ein kleines Lächeln zu, schaltet in der Küche das Licht ein und öffnet den Hängeschrank über der Spüle. Das untere Regal ist gefüllt mit Senfgläsern, zwei Schichten à zwanzig Stück, fein säuberlich aufeinander gestapelt. Sie nimmt eines heraus, lässt lauwarmes Wasser hineinlaufen und nimmt es mit ins Wohnzimmer. Im Vorbeigehen rückt sie die neben der Anrichte aufgestapelten Fotokalender zurecht, der Stapel ist so hoch, dass er manchmal droht umzukippen.

Es ist frisch hier im Zimmer, selbst an diesem trüben Tag Mitte Februar hat sie die Heizung bereits mittags abgesenkt, doch unter der Fleecedecke, die Lea ihr zum Nikolaus geschenkt hat, wird ihr schnell warm. Sie nimmt einen kleinen Schluck Wasser, sieht über den Rand des Glases hinweg zu ihm hinüber und sagt: „Es sind 17 Kursteilnehmer, Lieber, stell dir das vor! 14 Frauen und 3 Männer. Ich bin mir ziemlich sicher, dass wir bereits am nächsten Montag nur noch 12 sein werden. Soll ich dir sagen, wer meiner Meinung nach gleich nach dem ersten Abend die Fahne streichen wird?" In Gedanken geht sie die Runde noch einmal durch, lächelt den Teilnehmern freundlich zu, ermuntert hier, besänftigt dort - und verabschiedet sich, wo es unumgänglich scheint. „Sie sind noch nicht soweit, Lieber, weißt du?" Sie nippt an ihrem Wasser, lässt die einzelnen Gesichter an ihrem geistigen Auge vorüberziehen und sagt: „Und zwei sind dabei, die werden niemals soweit sein."

Erschrocken hält sie inne. Die Worte stehen im Raum und lassen sich nicht zurücknehmen, doch dann schaut sie ihn an, sieht das Funkeln in seinen Augen und das Versprechen, dass er sich kümmern wird. Natürlich. Wie immer. „Danke, Lieber!" Erleichtert lächelt sie zu ihm hinüber. „Ich wusste es."

22. Februar

„Wie schön, euch zu sehen!" Vera-Veritas lächelt jedem einzelnen zu, während sie sich entspannt zurücklehnt und die Hände im Schoß ruhen lässt. Renate blickt sich um. Von den siebzehn Stühlen, die Vera-Veritas aufgestellt hat, sind außer dem, an dem Veras Tasche hängt, nur elf besetzt. Sie selbst traf soeben als letzte ein, stand schon vor verschlossener Tür und musste um Einlass bitten - es kann also theoretisch niemand mehr kommen.

Fünf von siebzehn, das sind ... wie viel Prozent? Ihr normalerweise unbestechlicher Verstand hält sich gerade bedeckt. Mutwillig? Sie beschließt, dem nachzugehen, sobald sie die Gelegenheit dazu hat. Während sie ihre Tasche unter dem Stuhl verstaut und das kurze aschblonde Haar mit beiden Händen zurückstreicht, versucht sie, diese Aufgabe abzuspeichern, gibt jedoch irritiert auf, als sie Rüdiger-Rübezahls Blick auf sich gerichtet fühlt. Sie begegnet diesem Blick, erwidert ihn, ohne mit der Wimper zu zucken und drückt den Rücken gegen die Stuhllehne, während Rüdigers Augen unter der heute etwas schmierigen Stirnlocke zum Fenster hin abdriften, als er die Arme verschränkt und betont lässig die Beine übereinander schlägt.

Sie wendet sich Vera zu, die sie gerade willkommen heißt. „... und bevor wir uns jetzt gleich noch einmal mit Hilfe unseres Redeballs unsere Namen ins Gedächtnis rufen, möchte ich zu gern wissen, wie euch unser erster gemeinsamer Abend ‚bekommen‘ ist" - sie schreibt mit den Fingern Gänsefüßchen in die Luft - „und ob ihr vielleicht sogar hin und wieder daran zurückgedacht habt. Ich würde mich freuen, wenn jede beziehungsweise jeder von euch ganz kurz schildern könnte, wie es euch gerade geht, was euch beschäftigt, ob euch etwas belastet und was ihr euch vom heutigen Abend wünscht. Das nennen wir ‚das Blitzlicht‘, und das wollen wir in Zukunft vor jedes unserer Treffen stellen."

Sie schickt einen Block und einen Stift auf die Reise, das heißt sie bittet Eva-Elfe, die heute rechts von ihr sitzt, die vorbereiteten Spalten auszufüllen und den Block dann weiterzugeben. Eva-Elfe tut sich schwer, muss noch mehrmals mit Vera-Veritas tuscheln und sich Rat holen, dann reicht sie den Block erleichtert lächelnd an Christa-Chaos weiter. Christa greift gierig nach Stift und Papier, lässt die Augen hin- und herhuschen und füllt die Spalten mit kühnen Schwüngen und Strichen. Ohne ihn anzusehen, drückt sie Holger-Hotzenplotz beides vor die Brust.

„Wir anderen können die Zeit wunderbar nutzen", lässt Vera-Veritas sich wieder vernehmen, „indem wir zum Beispiel einmal unsere ganze Aufmerksamkeit unserem Atem zuwenden. Wie atmen wir eigentlich? Automatisch, werdet ihr sagen, und ja, natürlich habt ihr Recht. Aber ist das gut so, werden wir unserem Atem, diesem kostbarsten unserer Güter, damit wirklich gerecht?

Unsere Atemluft ist unser Lebenselixier, ohne Luft zum Atmen würden wir jämmerlich zugrundegehen. Wir können flach atmen, mit kurzen, oberflächlichen Atemzügen, wie man sie macht, wenn man eine Hyperventilation vermeiden will. Oder wir können ganz tief durchatmen, bis in die äußerste Lungenspitze hinein, wenn wir uns zum Beispiel von etwas befreien möchten oder unsere Erleichterung auch körperlich spüren möchten.

Hätte unser Atem, unsere Atemluft, es deshalb nicht verdient, aufmerksam und wohlwollend, ja geradezu voller Hochachtung wahrgenommen und genossen zu werden? Lauscht einmal auf euren Atem, beobachtet einfach nur sein Kommen und Gehen. Ihr nehmt ihn auf in euer Haus, das euer Körper ist. Ihr heißt ihn willkommen, ihr seid dankbar für seinen Besuch, er ist ein gern gesehener Gast. Doch die Zeit seines Verweilens ist begrenzt, er muss wieder fort. Aber - was nimmt er nicht alles mit sich, was schafft er nicht alles hinaus aus eurem Haus? Lauter Abfall, lauter Gift, Schadstoffe und Ballast nimmt er mit sich fort. Er befreit euch von einer Last, er macht euch leicht und stark. Ihr verabschiedet euch von ihm, ihr bringt ihn zur Tür, ihr winkt ihm nach ... und neuer Besuch kündigt sich an ...."

Gerade spürt Renate einem Gefühl nach, das sich in ihren Waden einzunisten und ihr zu sagen scheint, dass sie die Beine in die Hand nehmen und laufen soll, als Magda-Mausezahn, die auch heute Abend wieder neben ihr Platz genommen hat, ihr vorsichtig lächelnd den Block mit dem daran geklemmten Stift aufs Bein legt.

Mit gerunzelter Stirn studiert Renate dieses sogenannte „Blitzlicht". Ganz oben auf der Seite, in der Kopfzeile der Tabelle, steht: Blitzlicht der Selbsthilfegruppe ,Entspannung und Gespräch' vom Montag, 22. Februar. Das Blatt ist unterteilt in sechs unterschiedlich breite Spalten, die, fein säuberlich unterstrichen, von 1 bis 6 durchnummeriert sind und folgende Überschriften tragen: „1. Name", „2. Es geht mir gerade...", „3. Zum vorigen Treffen möchte ich sagen (Lob/Störung):", „4. Mein Thema heute ist:". „5. Das ist mir ... wichtig" und „6. Ich wünsche mir:". Ratlos tippt sie sich mit dem Stift ans Kinn. Mit der Beantwortung dieser sechs Punkte kehrt sie ihr Innerstes nach außen, gibt sie in einer einzigen Zeile mehr von sich preis als ... als ... ja, wann hätte sie jemals so viele Details von sich preisgegeben, und dann noch derartig spontan und unkontrolliert? Sie schlägt die Beine übereinander, drückt die Mine aus dem Kugelschreiber und beginnt, die Spalten auszufüllen. „1. Renate-Regen; 2. so lalá; 3. weder noch; 4. hab keins; 5.??; 6. Ordnung (innen und außen)."

Als sie schon Block und Stift weitergeben will, zögert sie. Erst jetzt riskiert sie einen Blick auf die Eintragungen ihrer Vorgänger. Als sie bei Magda-Mausezahns Bemerkungen angekommen ist, hebt sie den Blick. Er begegnet Magdas Grinsen: Bis auf den Namen und den Wunsch unter 6., den Magda mit „endlich Ruhe" umschrieben hat, haben sie beide identische Einträge vorgenommen. Gerade kann Renate noch verhindern, dass sie mit hochgerecktem Daumen das Siegeszeichen signalisiert, dann reicht sie die Liste weiter an Katharina-Kuli.

Als auch Katharina ihre Eintragungen vorgenommen und die Liste an Vera zurückgegeben hat, kehrt Stille ein. Nach einem langen, freundlichen Blick in die Runde faltet Vera die Hände auf dem in ihrem Schoß ruhenden Papier und beginnt: „Unsere Gruppe heißt ‚Entspannung und Gespräch', und wie ihr euch denken könnt, haben wir diese Reihenfolge mit Bedacht gewählt. Einem ehrlichen, intensiven Gespräch sollte nach Möglichkeit eine Entspannung vorangehen, denn im besten Falle bleibt die Entspannung den Gesprächsteilnehmern erhalten und lebt im Gespräch fort, selbst wenn es dabei um Probleme, Konflikte oder gar Nöte gehen sollte."

Sie schließt kurz die Augen, dann lächelt sie: „Natürlich können wir nicht erwarten, dass wir dieses gehobene Niveau gleich in unserer ersten Gesprächsrunde erreichen. Aber wir können uns ihm Schritt für Schritt annähern, und ich schlage vor, dass wir das jetzt mit einer Entspannungsübung versuchen."

Erwartungsvolles Schweigen, dann leises Hin- und Herrutschen auf den Stühlen, als die Teilnehmer Veras Beispiel folgen, die Füße etwa handbreit nebeneinander stellen, um sich zu erden, den Rücken gegen die Stuhllehnen drücken und die Augen schließen. Die Hände liegen mit den Handflächen nach oben locker auf den Schenkeln. Nach einem kurzen, metallischen Klacken ertönt das bereits bekannte Meeresrauschen, dem sich Veras Aufforderung, den Atem fließen zu lassen, anschließt.

Der Tag hatte es in sich, und obwohl Renate inzwischen montags und donnerstags nur noch bis mittags arbeitet und das Büro meist pünktlich um 13.00 Uhr verlässt, kann sie sich über Langeweile nicht beklagen: Exakt um 14.30 Uhr, keine Minute früher und keine Minute später, steht sie vor der Tür der KiTa, um ihre putzmuntere, weil gerade ausgeschlafene Enkeltochter in Empfang und mit zu sich nach Hause zu nehmen. Wann immer das Wetter es zulässt, gehen sie zusammen zum See hinunter, füttern die Enten oder lassen Schiffchen schwimmen, oder sie versuchen, sich ein Weilchen auf dem Spielplatz zu vergnügen, auf dem allerdings nur noch die Wippe wirklich funktionsfähig ist.

Wenn es aber - wie heute - aus allen Schleusen schüttet, bleibt ihnen nur, Zuflucht in Renates kleiner Wohnung zu nehmen, in der dann weder Bücherregale noch Kochtöpfe noch Badezimmer- oder Vorratsschränke vor Mias unermüdlich forschenden Händen sicher sind. Und ausgerechnet heute verspätete sich ihre Schwiegertochter um mehr als eine halbe Stunde, so dass es bereits nach 17.00 Uhr war, als sie den beiden nachwinken und endlich mit dem Kochen beginnen konnte. In Eile zubereitetes Essen ist schwer verdaulich, die Lektion hat sie gelernt, und so hat sie sich heute mit Rührei im Gemüsebett zufriedengeben müssen. Dennoch schluckt sie, als sie an den wöchentlichen Besuch der Waage denkt.

Gerade ermahnt sie sich energisch, sich endlich zu entspannen und Veras Führung zu überlassen. Vor diesem Moment hat sie sich gefürchtet. Wie immer, wenn es heißt ‚entspanne dich', bricht ihr der Schweiß aus allen Poren. Auf dem äußersten Stuhlrand balancierend, presst sie die Sohlen ihrer Stiefel am Ende ihrer irgendwie gerade viel zu kurzen Beine auf den Boden. Das nennt man „sich erden". Sie versucht, sich zu erden, obwohl sie nicht weiß, immer noch nicht weiß, was man sich darunter vorzustellen hat, wie sich das anfühlen sollte. Sie spürt dem nach, was sich ihrer Vorstellung nach am ehesten mit dem Begriff „sich erden" verbinden ließe und was sich ihrer bemächtigt, wenn sie in ihrem Garten dem Unkraut zu Leibe rückt, die herabhängenden Zweige der Obstbäume hochstemmt oder die Kartoffeln anhäufelt, doch sie spürt nichts.

„Ich muss mich entspannen", denkt sie, und ihr Herz schlägt hohl in ihren Schläfen. „Ich will mich entspannen", fleht sie, „bitte, ich will mich jetzt entspannen ... Ich bin ganz ruhig, hörst du, ganz ruhig bin ich, ruhig, ganz ruhig ..." Sie spürt, wie ihr ein Schweißtropfen von der Schläfe an der Außenseite der Wange herabrinnt, doch so sehr es auch kitzelt, sie weiß, dass sie sich jetzt nicht bewegen darf. Sich jetzt zu bewegen, würde bedeuten, sich als Versager zu outen, öffentlich einzugestehen, dass sie nicht imstande ist, sich zu entspannen. Dass sie es einfach nicht kann.

Da wird sie plötzlich aufgefordert, noch einmal tief ein- und auszuatmen, die Fäuste zu ballen und Arme und Beine weit von sich zu strecken, und mit glänzenden Augen blickt Vera lächelnd von einem zum anderen. „Ich hoffe, ihr habt es euch gut gehen lassen?", fragt sie, und herzhaftes Gähnen und schüchternes Nicken antworten ihr. „Gut, dann wollen wir uns jetzt unserem Blitzlicht widmen."

Vera greift hinter sich und legt sich den Block mit der ein wenig lückenhaft gefüllten Tabelle auf die Knie. „Wie ich sehe, habt ihr euch schon tapfer eingefuchst und eure Eintragungen vorgenommen. Natürlich hätte ich euch die notwendigen Erklärungen dazu vorher geben können, doch ich wollte eure Intuitionen und das Bedürfnis, euch mitzuteilen, nicht beeinflussen. -

Sehen wir also nun einmal nach, was wir an dieser Tabelle, an unserem Blitzlicht, noch erklären müssen oder verbessern können." Sie wirft einen letzten Blick auf das Papier, und da Barbara-Barbecue, die am ersten Abend zu ihrer Rechten saß, heute nicht dabei ist, reicht sie den Block weiter an Monika-Mondgesicht. „Möchtest du beginnen und uns deine Eintragungen erläutern?", fragt Vera und lächelt die junge Frau in dem zu engen rosa Pulli aufmunternd an. „Ach du Schande", entfährt es der, dann greift sie nach dem Block, rutscht auf dem Stuhl hin und her und räuspert sich.

„Naja, also, in die erste Spalte hab ich ‚Monika-Mondgesicht' eingetragen, weil wir uns hier ja solche Namen geben sollen, nicht." Sie zögert und wirft Vera-Veritas einen fragenden Blick zu. „Magst du uns erklären, warum du dich so nennst?" „Naja, also, das ist doch wohl klar, oder?", fragt Monika zurück und wirft mit einer trotzigen Geste die fransigen Haare zurück. „Mein Mann nennt mich so, oder manchmal auch ‚Dumpfbacke', aber das passt ja hier nicht, oder." „Und wie fühlst du dich, wenn dein Mann dich so nennt?", möchte Vera wissen, und im Raum breitet sich gespanntes Schweigen aus. „Naja, also, is' doch normal, oder? Anfangs hat er ‚Schweinebacke' zu mir gesagt, das fand ich jetzt nicht so toll." Wenn sie noch einmal ‚naja also' sagt, steh ich auf und geh, denkt Renate, und aus dem Augenwinkel sieht sie, wie Magda entschlossen die Hände im Schoß faltet. „Du empfindest das nicht als diskriminierend?", staunt Vera, und Monika-Mondgesicht blickt hilfesuchend um sich. „Naja also, so ist er nun mal. Sonst ist er ganz okay, glaub ich."

„Du möchtest dir nicht einen etwas positiver besetzten Namen aussuchen, vielleicht einen, der dir ein bisschen Freude schenkt, wenn wir dich so rufen, der ein kleines Lächeln auf dein hübsches Gesicht zaubert und dir sagt, dass du etwas ganz Besonderes bist?"

Fasziniert beobachtet Renate, wie Monika-Mondgesicht die Farbe wechselt, wie sie blass wird, dann wieder rot anläuft, zweimal laut nach Luft schnappt und Vera schließlich den Block so heftig vor die Brust klatscht, dass der Stift quer durch den Raum zwischen Holger-Hotzenplotz und Christa-Chaos hindurch schießt. „Verarschen kann ich mich alleine!", schreit Monika, springt auf, reißt ihre Jacke von der Stuhllehne, dass ihr Stuhl ins Wanken gerät, und ist zur Tür hinaus, ehe noch jemand begriffen hat, was hier vor sich geht.

Nach einem kurzen Moment der Besinnung wirft Rüdiger-Rübezahl die blonde Stirnlocke zurück, steht auf, schließt betont leise die Tür und hebt den Stift vom Boden auf. Vera schenkt ihm ein dankbares Lächeln, schlägt die Beine übereinander und sagt: „Vielleicht war es nicht der richtige Zeitpunkt für Monika." Ohne irgendeine Emotion erkennen zu lassen, wendet sie sich an Katharina, die zu ihrer Linken sitzt, reicht ihr den Block - den Stift behält sie vorsichtshalber in der Hand - und bittet sie: „Bist du so lieb, dich uns anhand deiner Eintragungen vorzustellen?"

Die kleine Frau mit dem grauen Pagenkopf nimmt den Block entgegen. Voller Bewunderung ruht Renates Blick auf den zierlichen Händen mit den langen, gepflegten Nägeln, die so perfekt zu der glatten Haut dieses immer noch irgendwie mädchenhaften Gesichts passen. Die braunen Augen haben einen ganz eigentümlichen Glanz, und Renate fragt sich, ob dieser Glanz etwas verbirgt oder eher preisgibt.

Ohne zu zögern beginnt die Frau zu sprechen, ihre Stimme ist leise, aber hell und klar: „Ich bin Katharina, und ich habe mir den Namen Katharina-Kuli gegeben. Damit meine ich nicht den Kuli, der hier gerade durch die Gegend geflogen ist" - die aufgestaute Spannung macht sich in dankbarem Gelächter Luft - „sondern den Lastenträger, den wir aus China kennen, den hart arbeitenden Lastenträger, dem mehr und immer mehr aufgebürdet wird und der droht, unter seiner Last zusammenzubrechen." Sie bricht ab.

Mit leicht geneigtem Kopf betrachtet sie ihre im Schoß ruhenden Hände. Renate wartet darauf, dass Vera Katharina auffordern soll, weiterzusprechen, doch Vera schweigt. Das Schweigen droht, belastend zu werden, da hat Katharina sich wieder gefasst und spricht weiter: „In die zweite Spalte mit der Frage, wie es mir gerade geht, habe ich ‚3-4‘ geschrieben. Es ging mir schon mal besser, aber es ging mir auch schon mal schlechter."

Renate nickt zustimmend, weil ihr gerade klar geworden ist, dass dies die Formulierung ist, nach der sie vorhin gesucht hat: nichtssagend und wertfrei. „Zum vorigen Treffen, Frage drei, kann ich nicht viel sagen, außer dass mir die Entspannungsübung zwar gut gefallen hat, bei mir aber nicht wirklich funktionierte. Ich hab immer Schwierigkeiten,

mich zu entspannen, nicht zuletzt deshalb bin ich ja hier."
Sie sieht Vera herausfordernd an, erhält aber nur ein
freundliches Nicken zur Antwort. „Mein Thema heute ist das
gleiche wie immer", fährt Katharina fort, „Katharina-Kuli -
nomen est omen."

Wieder verstummt sie, wieder schweigt auch Vera. „Mit
‚Das ist mir Punkt Punkt Punkt wichtig' konnte ich nichts
anfangen und hab die Spalte also freigelassen, und zu 6.
‚Ich wünsche mir' müsste ich erstmal wissen, ob damit mein
Wunsch für den heutigen Abend oder für den Rest meines
Lebens gemeint ist." Renate ist wieder versucht, beifällig zu
nicken, reißt sich aber zusammen. Aus dem Augenwinkel
sieht sie, wie Magda die Hand zum Ohr führt und beginnt,
es vorsichtig zu massieren.

„Oh, das ist eine gute Frage", lacht dagegen Vera frei
heraus und streckt Katharina den Stift entgegen. „Eigentlich
wollte ich euch bitten, in dieser Spalte eure Wünsche für
den jeweiligen Abend einzutragen, aber vielleicht decken
sie sich ja gerade mit dem Wunsch, den du für den Rest
deines Lebens hegst? Dann würde ich dich bitten, ihn dort
einzutragen." Katharina nimmt den Stift, schreibt ein paar
Worte und gibt Block und Stift zurück. „Ich wünsche mir,
endlich mal wieder eine ganze Nacht lang schlafen zu können", sagt sie laut, und es klingt überhaupt nicht bittend,
sondern geradezu aufsässig.

Renate hat sich Katharina jetzt ganz zugewandt. Ihre
grauen Augen sind wach und weit, und begierig wartet sie
darauf, dass sie weiter erzählen soll, dass Vera sie fragt,
was sie am Schlafen hindert, wie sie damit umgeht, ob sie
irgendwelche Tricks kennt, die das Einschlafen fördern.
Doch Vera nickt nur, als sei Katharinas Wunsch das Selbst-
verständlichste von der Welt, und reicht den Block an Maria-
Mandarine weiter.

Mit der linken Hand greift Maria fest zu, während die Finger der rechten den Block auf ihrem Schoß fixieren. Zum Lesen schiebt Maria die Brille auf die Stirn, zwinkert ein paar Mal, um die Sicht zu klären und sagt dann: „Hallo! Ich nenne mich Maria-Mandarine, weil ich Rohköstlerin bin und Mandarinen über alles liebe. Allein der Duft macht mich schon glücklich. Aber natürlich ist es schwer, eine Mandarine mit nur einer Hand (mit der linken Hand hebt sie die im Schoß ruhende rechte ein wenig an) zu schälen, so dass mir der Genuss nur hin und wieder vergönnt ist. Aber dann freue ich mich umso mehr." Ihre Stimme ist so zart und leise, dass Renate sich vorgebeugt hat, um sie zu verstehen, aber das Lächeln auf dem runden Gesicht lässt es wie von innen heraus leuchten.

‚Wie alt mag sie sein?', fragt sich Renate und mustert Maria so unauffällig wie möglich. Ohne sich dessen bewusst zu sein, ist sie gefangen von der Sanftheit, die diese Frau ausstrahlt, so dass ihr Marias Erklärungen zu ihren Blitzlicht-Eintragungen entgehen.

„Magst du uns deine Eintragungen erläutern?" Mit schräg gelegtem Kopf und einladend lächelnd überreicht Vera Renate Block und Stift, und in dem Augenblick, in dem ihre Hand sich darum schließt, fühlt sie, wie die Falle zuschnappt.

Ihr Blick senkt sich auf die Tabelle, die sie selbst vor wenigen Minuten ausgefüllt hat. Sie findet die Zeile mit ihrer Schrift, aber die Buchstaben tanzen, sie springen hin und her und weigern sich, sich zu sinnvollen Worten zu ordnen. Sie spürt, dass der Hosenbund zu eng ist und sich im rechten Fuß bereits wieder Wasser anzulagern beginnt. Was steht da? „Ja ... also", beginnt sie, beißt sich aber sofort auf die Lippe und schluckt. ‚So nicht!', rügt sie sich selbst, ‚Du fängst hier nicht auch noch mit ‚ja, also' an. Reiß dich zusammen.' Sie räuspert sich, plinkert mit den Augen und richtet sich auf. Ihre Stimme ist rau, als sie beginnt: „Ich heiße Renate, und ich habe mich Renate-Regen genannt, weil mein Leben und ich zur Zeit nicht gerade von der Sonne verwöhnt sind." Sie schluckt und starrt auf das Papier in ihren leicht zitternden Händen. Sie will Vera-Veritas nicht ansehen, um nichts in der Welt wird sie sich von diesem lächelnden Gesicht verleiten lassen, mehr von sich preiszugeben als unbedingt nötig.

„Frage Nr. 2 habe ich beantwortet mit so lalá", sagt sie und registriert aufatmend, dass ihre Stimme an Festigkeit gewinnt. „Wie Katharina-Kuli kann ich sagen: Es ging mir schon mal besser, aber es ging mir auch schon mal schlechter. - Zu Frage Nr. 3 bzgl. des Treffens in der vorigen Woche hab ich geschrieben ‚weder noch', das heißt ich habe weder etwas zu loben noch zu beanstanden. Dazu kann ich diesen Kurs hier noch zu wenig beurteilen. Zu 4., ‚mein Thema heute', fiel mir nichts ein, also hab ich wohl keins. Frage Nr. 5 hab ich auch nicht beantwortet, weil ich mit der Formulierung ‚Das ist mir ... wichtig' nichts anfangen konnte, und unter 6., ‚ich wünsche mir', hab ich geschrieben ‚Ordnung', in Klammern ‚innen und außen'. - Das war's."

Schnell reicht sie den Block an Magda weiter, stopft beide Hände in die Taschen ihrer Strickjacke und verschränkt die Füße unter ihrem Stuhl. Sie sieht nicht auf, spürt aber alle Blicke auf sich ruhen.

Magda schiebt mit dem Zeigefinger der Rechten die Brille zurück auf die Nase, referiert ruhig und sicher, so scheint es Renate, und ein Blick aus dem Augenwinkel zeigt ihr, dass sie völlig entspannt, mit übergeschlagenen Beinen da sitzt. Der leicht gesenkte Kopf lässt die kinnlangen, braunen Haare nach vorn fallen und das Gesicht halb verdecken, während sie ihre Eintragungen in den einzelnen Spalten der

Tabelle erläutert. „Den Namen ‚Magda-Mausezahn' habe ich von meiner Schwester bekommen", erklärt Magda gerade. „So hat sie mich immer genannt, wenn wir uns besonders nahe waren."

Während Renate noch darüber nachdenkt, wieso Magda wohl von ihrer Schwester in der Vergangenheit spricht, hat diese bereits geendet und den Block weitergereicht an Norbert-Nordpol, der sich nach Kräften müht, seine Notizen flüssig und ohne Stottern darzulegen. Als sie den Blick hebt, entdeckt sie, dass Rüdiger-Rübezahl sich inzwischen Sibylle-Sardelle zugewandt und es geschafft hat, sie trotz der schmierigen Haarlocke auf seiner Stirn mit vieldeutigen Bewegungen von Lidern, Lippen und Zunge zum Erröten zu bringen. Staunend stellt Renate fest, dass es tatsächlich Frauen zu geben scheint, die sich von so etwas angesprochen fühlen.

Als letzte in der Runde erhält Christa-Chaos den Block. Während Renate noch rätselt, ob Christa eigentlich eine Perücke trägt oder wirklich so volles, glänzendes Haar hat, erklingt deren heisere Stimme: „Ich bin Christa, und mein Leben ist das reinste Chaos. Deshalb nenne ich mich Christa-Chaos. Das passt. Passt zu mir und meinem Leben. Und so dürft ihr mich auch anreden: Christa-Chaos. Mit Betonung auf Chaos. Und es geht mir beschissen. Nicht nur gerade jetzt, sondern schon lange. Und wie's aussieht, wird's immer beschissener werden. Zum vorigen Treffen kann ich nur sagen: Kommt auf den Punkt, Leute - für Pille-Palle hab ich keine Zeit! Und dabei wär ich auch schon gleich beim Thema heute: Die Zeit. Die Zeit, die mir noch bleibt. Frage Nr. 5 hab ich so verstanden, dass ich irgendwie bewerten soll, ob und wie wichtig mir mein Thema heute ist, stimmt das? Okay. Gut. Also: Mein Thema ist mir wichtig. Sehr wichtig. Es brennt mir sozusagen unter den Nägeln. Oder besser: im Magen. Jedenfalls brennt es. Und zwar lichterloh. Und was ich mir wünsche? Phhhhh ... Dafür reicht so'ne mickrige Spalte in so'ner mickrigen Tabelle wohl nicht ganz aus. Wenn ich alles soviel hätte wie Wünsche ...." Sie bricht ab, kratzt sich heftig am Haaransatz und kreuzt die in grelles Rot gekleideten Füße, die sie weit in den Raum gestreckt hat.

„An dieser Stelle", schaltet sich jetzt Vera ein, „möchte ich unterbrechen und, wenn ihr einverstanden seid, die Leitung kurzzeitig übernehmen. Wie ihr alle wahrscheinlich bemerkt habt, hat Christa .." -„Christa-Chaos!", fährt diese dazwischen. „Mit der Betonung auf Chaos, bitte!" - „.. hat also Christa-Chaos ein Thema und den Wunsch, es mit uns zu besprechen. Die Dringlichkeit, mit der Christa - Christa-Chaos, Entschuldigung - dieses Thema angesprochen hat, macht deutlich, dass es keinen Aufschub duldet, und ich bitte diejenigen von euch, die auch darauf gehofft hatten, sich zu Wort melden und mitteilen zu können, um Nachsicht und Verständnis.

Normalerweise würden wir an dieser Stelle natürlich abstimmen und uns dem Mehrheitsbeschluss fügen, doch habe ich das sichere Gefühl, mit meiner Entscheidung für Christa ... Christa-Chaos auch in eurem Sinne zu handeln. Könnt ihr damit leben?" Ihr forschender Blick wandert über die Gesichter, die sich ihr zugewandt haben und teils verlegen, teils betroffen Zustimmung signalisieren.

„Ich danke euch", sagt Vera, und es klingt wirklich erleichtert. Sie legt die Hände locker ineinander gefaltet auf dem Oberschenkel ab, wendet sich mit einer kaum merklichen Drehung des Oberkörpers Christa-Chaos zu und sagt freundlich: „Christa, wenn du magst, erkläre uns doch, welches dein Thema ist und wieso es dir ‚im Magen' brennt."

Im Raum ist es mucksmäuschenstill. Nur wenige in der Runde haben den Mut, Christa offen anzusehen, die meisten halten den Blick gesenkt, spielen mit Fingerringen, Reißverschlüssen oder Wollflusen. Zu Renates Erstaunen glitzern plötzlich Tränen in Christas Augen, doch ihre Stimme knirscht wie ein Glasschneider, und wie in Kindertagen, wenn sie von ihrer Mutter in den Keller geschickt wurde, um Kartoffeln zu holen, stellen sich ihr die Nackenhaare auf. Unter anderen Umständen würde sie jetzt laut pfeifen.

„Ich habe Krebs." Der Satz zerplatzt im Raum wie eine Splitterbombe. „Krebs im Endstadium." Es ist, als habe Christa mit diesen Worten dem Raum alle Luft entzogen, als habe sie ein Vakuum geschaffen, in dem es nicht mehr möglich ist zu atmen. Renate greift sich an die Kehle und hört, wie Magda neben ihr krampfhaft zu schlucken versucht. „Ich weiß nicht, wie viel Zeit mir noch bleibt. Die Ärzte reden soviel Scheiß, wenn sie nicht weiter wissen, und bilden sich ein, wir merken es nicht. Der eine gibt mir noch drei Monate, der andere zwölf Wochen. Ha. Witzig, oder? Noch weigern sie sich, mir Morphium zu geben, ich könnte ja süchtig werden! Sie bilden sich ein, mit Psychopharmaka in Kombination mit Tramal und Cortison und ähnlichem noch was erreichen zu können. Aber mein Körper spricht eine andere Sprache. Mein Körper sagt mir, dass ich mich sputen muss. Und ich hab noch so viel zu tun, ich hab noch längst nicht alles geschafft, und der Berg, der sich vor mir auftürmt, wird nicht kleiner, und das macht mich so wütend, ich könnte schreien vor Wut ..."

Sie ringt nach Atem und kratzt sich heftig am Haaransatz. „Warum ich?", krächzt sie heiser und schiebt die Perücke aus der Stirn. „Warum nicht er? Wenn er ginge, könnten Thorsten und ich von seiner Lebensversicherung leben, wenn ich gehe, kriegen sie nichts. Weil ich nichts wert bin, verstehste? Er ist zweihundertfünfzigtausend wert, aber ich nicht. Ich bin nichts wert. Ich koste nur. Und ich koste ihn viel. Viel Geld und viel Nerven. Er hat jetzt seine Schwester kommen lassen, damit die sich um Thorsten kümmert, damit die dafür sorgt, dass der Junge klar kommt, dass er nicht unter die Räder gerät, unter meine Räder, verstehste? Er hat Angst um den Jungen, nicht um mich .... nee, nicht um mich ..."

Ein unterdrücktes Würgen unterbricht sie, und aller Aufmerksamkeit richtet sich auf Sibylle-Sardelle, die sich ein Taschentuch in den Mund gestopft hat und Christa tränenüberströmt aus weit aufgerissenen Augen anstarrt. „Was heulst denn du jetzt?", fragt Christa mit hochgezogenen Brauen. „Biste auch am Krepieren, oder was?"

„Stop!" Zum ersten Mal klingt Vera-Veritas' Stimme nicht mehr sanft, irritiert sieht Christa zu ihr hinüber. „Dafür, dass du verbittert bist, Christa, haben wir alle hier Verständnis, glaub mir." Sie macht eine kleine Pause, und Christa holt tief Luft, um ihr „Chaos" in Erinnerung zu bringen, schweigt angesichts der atemlosen Spannung im Raum aber dann doch. „Bitte bedenke aber, dass Sibylles Reaktion auf deine Schilderung eine ganz natürliche, mitmenschliche Anteilnahme ist, die du ihr nicht zum Vorwurf machen solltest, jedenfalls nicht, nachdem du uns in deine Geschichte eingeweiht und uns an deinem Schicksal hast teilnehmen lassen."

Christa-Chaos schiebt die Perücke zurecht, kreuzt die rot leuchtenden Füße unter dem Stuhl und richtet sich auf. „'tschuldigung", nuschelt sie zu Sibylle hinüber, „war nicht persönlich gemeint." Bei Sibylle strömen sogleich wieder die Tränen, was Christa einen gequälten Seufzer entlockt.

Vera spricht nun wieder leise, sehr leise und vorsichtig, als sie jetzt fragt: „Christa - ich lasse das ‚Chaos' jetzt einmal bewusst weg - ich glaube im Namen der ganzen Gruppe zu sprechen, wenn ich dich jetzt frage: Was wünschst du dir? Wie können wir dir helfen, können wir etwas für dich tun?"

Christa-Chaos holt tief Luft, starrt wutentbrannt in die Runde und bläst die Backen auf, als hole sie gerade zum finalen Rundumschlag aus, doch an Stelle der befürchteten Tirade ertönt plötzlich ein trockenes Räuspern, ihre Stimme versagt, Tränen sammeln sich in den wimpernlosen Augen und stürzen die eingefallenen Wangen herab. Sie schluckt, greift sich an die Kehle und versucht zu sprechen, doch es kommt nur ein wimmerndes Glucksen heraus, und begleitet von einem unterdrückten Aufschrei reißt sie sich die Perücke vom Kopf, fährt sich mit beiden Händen über den schütteren Flaum und schluchzt zwischen zusammengepressten Zähnen hervor, dass Renate sich automatisch auf den Finger beißt und Magda die gefalteten Hände an die Brust drückt. „... is schon gut", schnieft Christa, „is echt gut, dass ihr mir überhaupt zuhört. Danke." Geräuschlos steht Rüdiger-Rübezahl auf und geht.

Vera wartet, bis Christa sich gefangen hat, dann reicht sie ihr wortlos eine Packung Taschentücher. Während Christa schniefend und mit einem schiefen Lächeln in den Mundwinkeln ein Tuch herausnestelt, sieht Vera sich in der Runde um. Ihr Blick wirbt um Vertrauen, möchte Zuversicht und Trost versprechen, doch auf ihrer Oberlippe erkennt Renate winzig kleine, verräterische Schweißtröpfchen. Verstohlen wirft sie einen Blick auf ihre Uhr.

Jetzt richtet Christa sich auf, stülpt sich die Perücke auf den Kopf und zerrt daran herum, bis sie wieder freie Sicht hat. „Wie findet ihr dieses Teil eigentlich?", krächzt sie und fixiert mit ihren verweinten Augen einen nach dem anderen. Verlegenes Grinsen ist die Antwort, hier und dort ein Achselzucken, und Renate spürt ihr Herz immer noch die Halsschlagader rauf- und runterrasen, als Magda aufsteht, mit zwei Schritten bei Christa ist und ihr die Perücke auf dem Kopf herumdreht, bis vorn wieder vorn und hinten wieder hinten ist. „Ich finde, sie steht dir!", lächelt sie. „Jedenfalls, wenn du sie richtig herum aufsetzt ...." In das aufbrandende Gelächter stimmt auch Christa mit ein, und erleichtert spürt Renate, wie sich die Spannung im Raum Stück für Stück lockert.

Magda einen schnellen, anerkennenden Blick zuwerfend, ergreift jetzt Vera wieder das Wort: „Es ist schön, dich wieder lachen zu sehen, Christa! Ich bin sicher, das tut nicht nur dir gut." Sie wartet, bis das zustimmende Gemurmel verstummt ist, dann sagt sie: „Leider ist unsere Zeit fast abgelaufen.

Eine eiserne Regel in der Gruppenarbeit lautet, dass wir uns an einmal vereinbarte Zeiten halten. Und da unsere Gruppe sich ja nicht nur dem Gespräch, sondern genauso der Entspannung widmen will, möchte ich jetzt noch einmal eine Reise durch den Körper mit euch machen - ich denke, das können wir heute alle besonders gut gebrauchen. Christa, bist du einverstanden?"

Christa hat sich bereits wieder hinter ihrer Chaos-Maske verschanzt, nickt Vera jedoch wortlos zu und verschränkt die Arme vor der Brust. „Dann nehmt bitte eine entspannte Haltung ein, richtet den Rücken auf und stellt die Füße nebeneinander. Ihr erdet euch und lasst die Hände locker auf den Oberschenkeln ruhen. Ihr schließt die Augen. Atmet noch einmal ganz fest aus, ja, presst den Atem heraus und gebt ihm alles mit, was ihr loswerden wollt. Ja, und noch einmal ... Und jetzt beobachtet ihr, wie der Atem fließt ... ein und aus ... ein und aus ... und wir beginnen unsere Reise durch den Körper ...."

Heute wundern sich weder Renate noch Katharina, dass es mit der Entspannung nicht klappen will: Man hört unterdrücktes Räuspern, Füße scharren über den Boden, irgendjemand schluckt laut, ein Stuhl knarrt. Als endlich die Aufforderung kommt, noch einmal tief ein- und auszuatmen, sich zu recken und zu strecken und die Augen langsam wieder zu öffnen, sitzen alle bereits hoch aufgerichtet da und warten darauf, von Vera entlassen zu werden. Das „Tschüß", das sie sich zunicken und -raunen, hat einen unverkennbar erleichterten Unterton. In der Tür hört Renate noch, wie Vera Christa bittet, doch noch einen kleinen Augenblick zu bleiben.

Jana

Auf den Stufen vorm Haus bleibt Jana stehen und kramt seufzend in ihrer Handtasche herum. Der Sensor der Außenlampe funktioniert schon wieder nicht, mit der offenen Tasche vor der Brust geht sie die paar Schritte zurück zur Straßenlaterne. „Sagen Sie, junge Frau, wissen Sie vielleicht, wo man hier einkaufen kann?" Jana fährt herum, starrt hinauf zum Balkon im ersten Stock und ruft: „Pscht, Papa, nicht so laut! Es ist doch schon spät!" „Pfui, sind Sie immer so garstig?" Die Fistelstimme des alten Mannes ist schrill, vor der hellerleuchteten Balkontür wirkt er noch hagerer und kantiger als sonst. Mit beiden Händen umklammert er das Geländer und beugt sich weit hinaus. „Ich hab Sie doch nur ganz höflich gefragt, ob man hier in der Nähe einkaufen kann. Da brauchen Sie nicht gleich ‚krummer Hund' zu mir zu sagen, Sie ... Sie Schnepfe, Sie!" Jetzt wird er richtig laut, drohend schüttelt er die Faust. „Pscht, Papa, bitte! Ich bin's doch: Jana. Ich konnte nur meinen Schlüssel nicht finden, die Lampe ist schon wieder kaputt, aber jetzt komm ich gleich rauf zu dir, Papa, ich bin gleich da, okay?"

Mit den Fingern der linken Hand ertastet sie den Schlitz im Schlüsselloch, stochert mit dem Schlüssel herum, bis er endlich ins Schloss gleitet und und wirft sich beim Aufschließen mit der Schulter gegen die Tür. Ihre Hand wischt über die Wand, findet den Schalter und knipst das Licht an. Die Außenlampe erstrahlt in blendendem Weiß, sie war ausgeschaltet. Jana wirft den Schlüssel auf das Bord, zieht im Gehen die Jacke aus und steigt die Treppe hinauf.

„Papa? Papa, ich bin's, Jana", ruft sie und klopft dreimal an die Glasscheibe der Wohnzimmertür, bevor sie sie öffnet. Im selben Augenblick lassen die ersten Takte des Radetzki-Marsches die Mauern erzittern, sie hält sich die Ohren zu und stürmt an ihrem wild mit dem Schuhlöffel dirigierenden Vater vorbei zum Radio. Sie drosselt die Lautstärke auf ein Minimum, schließt die Balkontür und zieht die Vorhänge vor. „Papa, die Nachbarn hetzen uns die Polizei auf den Hals, wenn du so weiter machst." Jana ist außer Atem, doch ihr Vater hört sie nicht. Er hat auch nicht bemerkt, dass sie die Musik leise gestellt hat. Er schmeißt die Beine, fuchtelt mit dem Schuhlöffel vor dem Gesicht herum und stapft im Takt brummelnd und grummelnd von der Anrichte um den Sessel herum zur Küche und wieder zurück. „Wummda wummda wummdada!" Zackige Drehung vor der Spüle, und zurück marsch marsch. „Wummda wummda wummdada ..." Die wässrigen, von geplatzten Äderchen durchzogenen Augen glitzern vergnügt, als er jetzt im Stechschritt an ihr vorbeimarschiert. Von hinten sieht sie, dass die lange Unterhose, um die er sich den Gürtel seines Bademantels geschlungen hat, unbedingt waschreif ist, und im Geiste notiert sie, dass sie neue kaufen muss.

Sie stellt sich ihm in den Weg, legt ihm sanft die Hände auf die knochigen Schultern. „Papa, hast du dein Abendbrot gegessen? Haben dir die Bratkartoffeln geschmeckt?" Sein Gesicht fällt zusammen, das Glitzern in den Augen erlischt. Ratlos sieht er sie an, über ihre Schulter hinweg zur Küche. „Ich glaube, ich hatte gar keinen Hunger", sagt er zweifelnd, schiebt dann aber einen Fuß vor den anderen und schlurft an ihr vorbei zum Tisch. Er ist leer. „Nein, siehst du, ich hatte keinen Hunger", sagt er erleichtert, und in der Küche findet sie die Bratkartoffeln in der Spüle und Teller und Besteck im Mülleimer. Mit geübter Hand schafft sie Ordnung, lässt Wasser in ein Glas laufen und bringt ihm seine Tabletten. „Bist du müde, Papa?" Er nickt, schüttelt den Kopf, nickt. „War ein langer Tag heute, nicht?" Mit leichter Hand fährt sie ihm über die Haare, die so dünn und farblos geworden sind, streichelt die stoppelige Wange und den gebeugten Rücken. „Möchtest du jetzt vielleicht ins Bett gehen, Papa? Na, komm, dann helf ich dir ..."

Eine Viertelstunde später löscht sie das Deckenlicht, knipst im Bad die Lampe über dem Waschbecken und im Flur das Notlicht an und schließt leise die Etagentür. Zweimal schließt sie um, lässt den Schlüssel aber von außen stecken. Mit schweren Beinen und schmerzendem Genick steigt sie die Treppe hinunter. Ihre eigene Wohnung ist kalt: Er hat wieder sämtliche Heizkörper abgedreht.

Renate

Mühsam kämpft sie sich den Berg hinauf. Mit jedem Schritt scheint er steiler zu werden, ihre Beine sind schwer, ihr Atem pfeift. Schweiß perlt auf ihrer Oberlippe, verklebt ihre Haare, das Keuchen brennt in der Kehle. Doch sie muss weiter, sie muss es schaffen, das weiß sie. Er braucht sie, noch nie hat er sie so sehr gebraucht wie jetzt, und sie hat Angst, zu spät zu kommen. Die Angst treibt sie an, zwingt sie, einen Fuß vor den anderen zu setzen, langsam zwar, doch unaufhaltsam.

Dann plötzlich sieht sie es. Die Tür, hinter der er auf sie wartet. Sie stolpert darauf zu, streckt die Hand aus, spürt das rohe Holz an ihrer Haut und die Kälte der Klinke, drückt sie nieder, wieder und wieder und hämmert schließlich wütend und verzweifelt gegen die Tür, die sich nicht öffnen lässt.

„Mach auf!", schreit sie, und ihre Stimme überschlägt sich, wird zu einem heiseren Röcheln. „Mach auf, ich bin's doch, ich bin da, mach doch auf!", und gerade, als sie vor lauter Machtlosigkeit zu wimmern beginnt, wird die Tür einen Spaltbreit geöffnet.

Die Frau steckt den Kopf heraus, ihr Gesicht erinnert an das eines Frettchens, und sie hat die Tür fest im Griff, lässt nicht zu, dass Renate sie aufdrückt. Dahinter herrscht Schwärze, die totale, absolute Schwärze, undurchdringlich und allumfassend. Und mitten in dieser Schwärze sieht sie ihn: Mit einem Laken zugedeckt bis ans Kinn, liegt er reglos und mit geschlossenen Augen, ausgestreckt auf einer Trage. Und diese Trage schwebt. Sie schwebt in der Schwärze, in dieser tiefschwarzen Unendlichkeit, getragen von dem Geruch nach Krankheit, und sie will zu ihm, sie muss zu ihm, wirft sich gegen die Tür und klammert sich haltsuchend an den Rahmen, doch die Frau hält dagegen, sie ist stark, sie ist siegesgewiss, und aus ihrer Stimme schlägt ihr ein Hauch von Grabeskälte entgegen, als sie jetzt zischt: „Er gehört mir." Mit einem Krachen schließt sich die Tür, lässt ihre Finger im Türspalt knirschend brechen und ihren Aufschrei ungehört verhallen.

Keuchend sitzt sie im Bett, eine Hand an der zugeschnürten Kehle, eine in den Spalt zwischen Matratze und Bett geklemmt. Ihre Finger schmerzen, als sie sie jetzt vorsichtig herauszieht, sie braucht ihr Asthmaspray. In der Dunkelheit tastet sie umher, ringt um Atem und stöhnt leise, als sie das unberührte Kissen neben sich ertastet. Als sie das Spray endlich auf dem Nachttisch findet, inhaliert sie tief. Dankbar registriert sie die Erleichterung, wirft die Decke zurück und schlüpft in die Hausschuhe vor ihrem Bett. An Schlaf ist jetzt nicht mehr zu denken. Mit müden Schritten und hängenden Schultern geht Renate in die Küche. Eine heiße Milch mit Honig ist das, was sie jetzt braucht.

Katharina

Jetzt, wo Katharina sich sicher ist, dass sie dabei bleiben wird, fängt sie bereits am Sonntagabend an, ihre Eintragungen fürs Blitzlicht zu planen. Sie vergegenwärtigt sich die Tabelle, sieht die Spalten vor ihrem geistigen Auge Gestalt annehmen und liest in Gedanken die Überschrift der ersten: ‚Es geht mir gerade ....‘ ‚Eigentlich erstaunlich gut‘, denkt sie und gibt Salz in den Kartoffeltopf. ‚Wenn man bedenkt, dass ich die halbe Nacht an seinem Bett gesessen habe, bin ich doch richtig gut drauf.‘

Sie hält den Topf mit den grünen Bohnen unter den Wasserhahn, greift noch einmal ins Salzfass und fügt dann eine Prise Zucker hinzu. Gerade, als sie die erste Frikadelle formt, ruft er sie: „Kathi, es ist soweit!" Augenblicklich legt sie den Fleischkloß aufs Brett, spült sich die Hände ab und eilt in sein Zimmer. „Bin schon da", lächelt sie und zerrt die Pfanne unter seinem Bett hervor. Bevor sie sie unter seine Decke schiebt, sieht sie ihn fragend an. Er nickt, das heißt, er hat es geschafft, die Pyjamahose selbst hinunterzuschieben. Sie zählt: „Eins - zwei - drei." Auf drei hebt er das Becken an, so gut es eben geht, und sie schiebt schnell und geübt die Pfanne drunter. „Lass dir Zeit, Rudi", sagt sie und tätschelt seinen Arm, „ich geh schnell und hol das Wasser." Als sie mit dem Krug in der Hand zurückkommt, liegt er mit geschlossenen Augen da. Schweißperlen stehen auf seiner Stirn. Sie beugt sich über ihn, streicht ihm sanft über die Wange und tupft die Stirn trocken. Dann setzt sie sich auf den Stuhl am Kopfende des Bettes und wartet.

‚Zum vorigen Treffen möchte ich sagen ...' steht über Spalte Nr. 2. ‚Tja, was soll man dazu sagen?', denkt sie und sieht wieder Christa-Chaos vor sich in all ihrem Jammer. ‚Sie hat jedes Recht, verbittert zu sein. Wer weiß, wie viel Zeit ihr noch bleibt? Und helfen können wir ihr doch sowieso nicht, außer Zuhören kann doch keiner von uns etwas für sie tun. Eine Selbsthilfegruppe ist mit einem Schicksal wie dem ihren doch völlig überfordert, denke ich. Hm, was schreib ich in Spalte Nr. 2?' Sie sieht sich selbst dort sitzen, den Block auf den Knien und den Stift in der Hand, und sie sieht, wie sie ihn hinschreibt, diesen Satz: ‚Ich fühlte mich überfordert.' ‚Ja', denkt sie, ‚was wahr ist, muss wahr bleiben.'

Noch bevor sie zu Spalte Nr. 3 übergehen kann, holt ihr Mann sie mit einem erleichterten Seufzer in die Wirklichkeit zurück. Sie schlägt seine Decke zurück, greift nach dem Krug und spült seinen schlaffen Körper vorsichtig ab. Bevor sie die Pfanne entfernt, zieht sie ein Handtuch darunter hindurch, auf das er niedersinken kann. Sie richtet sich auf, beißt die Zähne zusammen und verflucht den Schmerz in ihrem Rücken, und noch im Gehen reißt sie das Fenster auf. Dann verschwindet sie im Bad.

Als sie ihn endlich abgetrocknet, wieder angezogen und ihm zu trinken gegeben hat, kehrt sie in die Küche zurück. Sie schrubbt sich die Hände, desinfiziert sie und zuckt zusammen, als die scharfe Flüssigkeit sich in die Risse ihrer Haut brennt. Dann gibt sie Salz zu den Kartoffeln und Zucker zu den Bohnen, setzt beide Töpfe auf und rollt die nächste Frikadelle. Das Blitzlicht hat sie vergessen.

1. März

„Wie schön, euch zu sehen!" Vera-Veritas steht in der Mitte des Stuhlkreises und drückt die gefalteten Hände an die Brust. „Ich begrüße euch herzlich zu unserem heutigen Gruppenabend, zu Entspannung und Gespräch." Von den zwölf Stühlen, die sie aufgestellt hat, bleiben vier leer. Maria kann sich des Eindrucks nicht erwehren, dass Vera heute selbst nicht wirklich entspannt ist, ihre Aura flimmert und schwankt, ihre Stimme klingt ein wenig gepresst.

„Bevor wir unser Blitzlicht starten, möchte ich euch mitteilen, dass ich Christa angeboten habe, allein zu mir zu kommen, so dass ich mich ihr ganz und gar und in aller Ruhe widmen kann. Sie lässt euch herzlich grüßen" - selbst Maria bezweifelt, dass Christa das wirklich gesagt hat - „und hofft, in Kürze wieder soweit zu sein, dass sie in diese Runde zurückkehren kann." Schweigen erfüllt den Raum, niemand sieht auf. „Was Rüdiger-Rübezahl betrifft, so habe ich versucht, ihn telefonisch zu erreichen, doch hat er mir über seine Frau ausrichten lassen, dass er überraschend eine Geschäftsreise antreten musste." Sie macht eine Pause, und Maria sieht die Andeutung eines Lächelns über Magdas Gesicht huschen. „Und heute morgen rief mich Charlotte an, Charlotte-Champagner nannte sie sich bei uns, und sagte ganz ehrlich, dass sie sich mit den Themen, die in unserer Gruppe angesprochen werden, überfordert fühlt. Sie hatte wohl eher an Yoga oder Meditation gedacht. Charlotte wird also in Zukunft nicht mehr dabei sein."

Maria lässt den Blick über die Gesichter wandern. Links von ihr sitzt Jana, Jana-Jaguar, um deren stets leicht gespitzten Mund immer ein klitzekleines Lächeln zu spielen scheint. Janas Angewohnheit, sich ihrem Gesprächspartner mit schräg gestelltem Kopf und ein wenig vorgebeugtem Oberkörper zuzuwenden, macht sie Maria besonders sympathisch. Sie erkennt darin das Ausmaß ehrlichen Interesses, das Jana ihren Mitmenschen entgegenbringt.

Neben Jana sitzt Vera, wie immer die Hände im Schoß ineinander gelegt, die Beine übergeschlagen. Ihre Fußspitze wippt rhythmisch auf und nieder, doch scheint sie sich dessen nicht bewusst zu sein. Das Lächeln, mit dem sie in die Runde blickt, hat etwas Abwesendes. Es muss schwierig sein, so eine Gruppe zu leiten und zum gedanklichen und emotionalen Austausch anzuregen, wenn man von der eigenen Last nicht sprechen mag, denkt Maria.

Ihre Aufmerksamkeit wandert weiter zu Katharina-Kuli, die zu Veras Linken sitzt. Gerade wirft sie den Kopf zurück (wieder staunt Maria über den Kontrast, den das silbergraue Haar zu dem noch jugendlichen Gesicht bildet), blinzelt einmal kurz und legt die Hände zusammen. Hübsche Hände, denkt Maria, zart und doch kraftvoll. Von diesen Händen gehalten zu werden, ist sicher sehr tröstlich. Doch das angestrengte Blinzeln der blassblauen Augen und der unruhige rechte Zeigefinger, der von Zeit zu Zeit kratzend über sein linkes Pendant wischt, stehen diesem Eindruck entgegen, und Maria fragt sich, ob Katharina wohl schon bereit ist, sich zu öffnen. Etwas wie Mitleid steigt in ihr auf.

Renate ist also doch wieder da. Als sie in der vorigen Woche den Raum verließ, war sie innerlich so zusammengeschnurrt, dass ihre Aura kaum noch zu erkennen war. Die hochgezogenen Schultern und der vorgereckte Kopf ließen mindestens eine schlaflose Nacht befürchten, wahrscheinlich mehr. Maria war versucht gewesen, ihr die Hand aufzulegen, hatte sich dann aber doch nicht getraut. Umso mehr freut sie sich jetzt, in Renates Augen etwas wie Entschlossenheit aufblitzen zu sehen. Das wird ihr gut tun.

Als sie Magdas Blick begegnet, breitet sich unwillkürlich ein Lächeln auf ihrem Gesicht aus. Die Kraft, die Magda aufwendet, um diese Fassade von Gleichmut und Selbstbeherrschung aufrechtzuerhalten, rührt sie zutiefst. Und dabei rinnen, nein: strömen ihr die Tränen übers Gesicht, sobald sie während der Entspannungsübung die Kontrolle über sich aufgibt. Es ist, als versuche sie, den Deckel auf einem Topf zu halten, aus dem das Popcorn quillt, und sobald der Druck auch nur ein wenig nachlässt, hebt sich der Deckel und die Tränen quellen hervor, befreit und unaufhaltsam. Arme Magda, denkt Maria, soviel Traurigkeit.

Norbert-Nordpol fährt sich mit dem Tuch über den Mund und zupft an den Manschetten seines Hemdes, sobald er Marias Blick auf sich ruhen fühlt. Auch ihm schenkt sie ein Lächeln, legt ein bisschen Aufmunterung und Zuversicht hinein, doch sagt ihr die gezackte, mehrfach unterbrochene Linie seiner Aura, dass er sich immer noch mit Vorbehalten gegen diese Runde plagt. Eine innere Unruhe macht es ihm schwer, still zu sitzen, die Füße zucken unter dem Stuhl, seine rechte Hand knüllt in seiner Jackentasche irgendetwas zusammen. Unter ihrem Blick versucht er, gelassen zu erscheinen, doch kann er nicht verhindern, dass seine Augen unter fast geschlossenen Lidern ruhelos hin und her jagen. Etwas wie ein Warnsignal ertönt in ihrem Innern, Maria würde ihm gern Einhalt gebieten, schüttelt instinktiv den Kopf und spürt, wie sich die Härchen in ihrem Nacken aufrichten. Doch Norbert hält den Blick gesenkt und die Hände in den Taschen vergraben.

Er rührt sich auch nicht, als Holger-Hotzenplotz es sich und seinem Bauch jetzt auf seinem Stuhl so richtig bequem macht, die Beine weit von sich streckt und einen Arm lässig über die Stuhllehne hängt, wobei er Norbert-Nordpol versehentlich boxt. „Oh, `tschuldigung, alter Knabe!", dröhnt Holger und klopft Norbert grinsend auf die Schulter. „Hab ich dich geweckt?" Sein übertrieben lautes Lachen lässt Norbert sofort wieder zum Taschentuch greifen, während Vera, bei der Maria eine kaum verhüllte Sympathie für Holger festgestellt hat, ihm fast verschwörerisch zulächelt.

Der Block mit den Eintragungen fürs Blitzlicht hat Maria erreicht. Sie legt ihn sich auf den Schoß, ergreift den Stift mit der Linken und beginnt zu schreiben, langsam und konzentriert. Das Thema, das sie in diesem Kreis behandeln möchte, hat sich noch nicht gezeigt, oder vielleicht hat es sich schon gezeigt, aber noch nicht strukturiert, jedenfalls drücken ihre Eintragungen keinerlei Brisanz aus, wohingegen sie oben in der allerersten Spalte drei Ausrufungszeichen entdeckt: Katharina-Kuli hat mit ihnen Redebedarf angemeldet. - Nachdem auch Jana alle Spalten ausgefüllt hat, reicht sie Block und Stift weiter an Vera.

In der folgenden Entspannungsübung, begleitet vom Meeresrauschen und dem sehnsüchtigen Schrei der Möwen über dem Wasser, macht Maria sich auf die Reise. Schwerelos erhebt sie sich, gleitet empor und schwebt über dem dunkelnden Land, taucht ein in die tief hängenden Wolken und findet ihren Weg, gelenkt und geleitet vom Kerzenschein in Leas Fenster, hinter dem sie wohlige Wärme und Vertrautheit empfangen. Ein Strom der Zufriedenheit breitet sich aus in ihren Adern als sie sieht, dass Lea wieder zu Kräften kommt, jedenfalls isst sie wieder. Von dem appetitlichen Abendessen, das Basti ihr gerichtet hat, hat sie bereits die Hälfte verspeist, auch wenn der Kater auf ihrem Bauch sicher dieses oder jene Häppchen erbettelt hat. Als Veras Stimme sie in die Gruppe zurückholt, verschließt sie das Gefühl der Dankbarkeit ganz tief in ihrem Innern.

„Ich hoffe, ihr habt es euch gut gehen lassen?", beginnt Vera, und Maria sieht sofort, dass auch ihr selbst die kleine Reise durch den Körper Entspannung gebracht hat. „Aus euren Eintragungen in unserem Blitzlicht ersehe ich, dass es eine ‚Dringlichkeitsmeldung' gibt: Katharina hat ein Thema, das sie heute Abend gern mit uns besprechen würde. Du hast als einzige drei Ausrufungszeichen gesetzt, Katharina, zu einem Thema, das du ‚das Übliche' nennst. Magst du uns ein wenig mehr dazu sagen?"

Wieder beobachtet Maria, wie Katharina-Kuli den silbergrauen Pagenschnitt schüttelt, wie sie die feingliedrigen Hände zusammenlegt und den Kopf neigt. Die Augen blinzeln, als fühlten sie sich geblendet, dann erklingt Katharinas helle, mädchenhafte Stimme: „Ja, ich denke schon seit gestern Abend darüber nach, wie ich mein Thema am besten formuliere. Natürlich sagt der Name, den ich mir hier gegeben habe, schon einiges über mich aus, aber ich würde es gern noch ein wenig weiter ausführen in der Hoffnung, dass mir vielleicht diese oder jene von euch einen hilfreichen Tipp oder auch nur einen kleinen Trost geben kann."

Sie kneift die Augen kurz zusammen, legt den Kopf auf die andere Seite und sieht einen nach dem anderen an. „Als

Katharina liebe ich meinen Mann, als ‚Kuli' fühle ich mich extrem belastet." Ihre Lider senken sich über den plötzlich feucht schimmernden Augen, sie richtet sich auf und sieht Vera dann offen ins Gesicht. „Vor vier Jahren erlitt mein Mann während einer Herz-OP mehrere Schlaganfälle. Man holte ihn zurück, er überlebte, und nach langen Wochen der Rehabilitation kam er nach Hause - ein Schatten seiner selbst. Aber er ist ein Kämpfer, Kapitän auf großer Fahrt, so einer gibt nicht auf. Nach einem Vierteljahr konnte er Arme und Beine wieder bewegen, nach einem halben Jahr verstanden auch Außenstehende ihn wieder, nach einem Jahr fuhr er wieder Auto. Dann fing alles von vorne an. Der nächste Schlaganfall lähmte zwar nur die linke Seite, aber was viel gravierender war: Er lähmte seinen Willen. Er gab sich auf, er resignierte, er hörte auf zu kämpfen. Und von da an ging's bergab.

Erst wurde er nur träge, dann wurde er bösartig, zum Schluss bettlägerig. Seit eineinhalb Jahren wasche ich ihn, pflege ich ihn, versorge ich ihn. Ich sitze an seinem Bett, ich füttere ihn, ich lese ihm vor. Ich koche seine Lieblingsgerichte und püriere sie, damit er sie löffelweise schlucken kann. Ich lese ihm jeden Wunsch von den Augen ab. Zum Ausgleich dafür lasse ich seine Tiraden über mich ergehen, wenn er mich beschimpft, hülle mich in Schweigen und fasse mich in Geduld, wenn es über ihn kommt und er sich aufbäumt und tobt, jedenfalls mit Worten, anders geht es nicht mehr. Ich kämme und schneide seine Haare und rasiere seine Wangen, und ich sehe den Hass in seinen Augen, wenn ich ihm den Hintern putze ..."

Langsam zieht sie ein Taschentuch aus dem Ärmel, tupft flüchtig über die Augen und lässt den Blick wandern. „Er ist nicht mehr der Mann, den ich einmal geliebt, den ich geheiratet habe. Er ist nicht mehr der Vater meiner Kinder, die sich übrigens schon lange nicht mehr haben blicken lassen.

Er ist nicht mehr der charmante Freigeist, der mir die Welt zu Füßen legte, der mich mitnahm auf seine Reisen über die Weltmeere und der mich zum Lachen brachte. Er ist ein Fremder, der nicht bittet, sondern fordert; einer, der nicht mehr scherzt, sondern nörgelt; einer, den ich nicht mehr kenne ..."

Das silbergraue Haar wippt, als sie den Kopf senkt und leise seufzt, während die Bilder vor ihrem geistigen Auge kein Ende nehmen wollen: Rudi im Gespräch mit den Offizieren auf der Brücke seines ersten Schiffes, Rudi in Uniform mit den vier Ärmelstreifen, wie er salutierend die Hand an die Mütze legt, Rudi im Hafen von Caracas als strahlender Vater mit Sören und Annika auf dem Arm .... und Maria kann nicht anders, sie steht auf und drückt Katharinas Kopf vorsichtig an sich, während ihre Linke zart darüber streicht. Stumm verharren sie so, bis Katharina sich aufrichtet und Maria ein dankbares Lächeln schenkt. Die rechte Hand vor der Brust stützend, kehrt Maria zu ihrem Platz zurück.

„Das Schlimme ist", sagt Katharina jetzt und hebt die Stimme und den Blick, „dass er immer noch soviel schwerer ist als ich. Ihn im Bett zu drehen, ist Schwerstarbeit; ihn auf die Pfanne zu setzen, ist Schwerstarbeit; ihn umzuziehen - und das manchmal dreimal am Tag - ist Schwerstarbeit. Natürlich haben wir inzwischen ein Krankenbett, natürlich kommt die Ärztin zweimal in der Woche, und natürlich haben wir den Fernseher so aufgestellt, dass er sich damit ablenken kann. Aber mein Rücken macht langsam schlapp, mein Kopf macht mir Kummer mit seiner Vergesslichkeit, meine Hände können nicht mehr zupacken, weil die Kraft fehlt, und meine Nächte sind zerhackt von seinen Rufen, seinen Bedürfnissen, seinen Nöten ..."

Katharina hält inne, lässt den Kopf sinken. Nach einem langen Moment der Stille sagt Vera ganz leise mit weicher

Stimme: „Danke, Katharina, dass du uns dein Vertrauen geschenkt und uns von der Last, die du trägst, erzählt hast. - Bevor wir uns jetzt mit Katharinas Geschichte im Gespräch beschäftigen, schlage ich vor, dass wir uns erst einmal alle kurz entspannen und unsere Kräfte sammeln. Dazu bitte ich euch, euch zu erden und den Atem fließen zu lassen. Ihr atmet tief in den Bauch ..... und ganz bewusst wieder aus ... Phhhhhhhhhhhh. Ja, genau so. Und noch einmal: Tiiieeefff ein und bewusst aus ....."

Maria, deren Füße nicht bis auf den Boden reichen, die sich also nicht erden kann, ist so geübt in der Meditation, dass ihr ein langer Atemzug genügt, um sich wieder ins Gleichgewicht zu bringen. Unter halb geschlossenen Lidern hervor beobachtet sie, wie einer nach dem anderen zur Ruhe kommt, wie sich selbst Katharinas Aura wieder glättet und entfärbt, und wie sich die Anspannung, die sich als tiefrotes Gespinst in der Mitte des Stuhlkreises zusammengeknäuelt hatte, in einer zur Zimmerdecke aufsteigenden Spirale löst.

„Dann bitte ich euch, zurückzukommen", fordert Vera sie auf, und ein allgemeines Seufzen, Scharren und Gähnen zeigt an, dass die Runde wieder wach ist. „Wir haben Katharinas Geschichte gehört. Wir haben gehört, dass sie sich einen Rat, mindestens aber Trost von uns wünscht. Was können wir für sie tun?", fragt Vera und sieht einem nach dem anderen fest in die Augen.

Holger-Hotzenplotz ist der erste, der sich zu Wort meldet. Ein wenig mühsam setzt er sich auf, reckt das Doppelkinn kämpferisch vor und wedelt mit dem etwas zu kurz geratenen Zeigefinger energisch hin und her. „Also meines Erachtens kannst du das gar nicht schaffen", sagt er und stützt die Ellenbogen auf die massigen Oberschenkel. „Wie lange willst du das denn noch machen, den Mann waschen, füttern, ihm den A ... ihn waschen und umziehen. Dabei gehst du doch selbst kaputt! Ich finde immer, niemand sollte sich für den andern aufopfern müssen, da muss es andre Wege geben." Er lehnt sich zurück und sieht Vera herausfordernd an. Vera schweigt. Norbert-Nordpol scharrt mit den Füßen, richtet sich auf und hebt andeutungsweise eine Hand. Aufmunternd lächelt Vera ihm zu. „I.. Ii.. Ich finde, du solltest zu... zusammen mit eurem A... A.... zusammen mit eurem Arzt unbe.... dingt An... Antrag auf Pflegevers... Vers... Pflegeversicherung stellen", sagt er, tupft sich die Mundwinkel mit dem Taschentuch und lehnt sich erschöpft zurück.

„Genau!", pflichtet Renate ihm bei. „Ich frag mich schon die ganze Zeit, wieso du dir noch keine Hilfe geholt hast! Hast du schon einen Antrag gestellt? Hast du dir jedenfalls das Formular schon mal besorgt? Wenn du willst, helf ich dir dabei, das ist kein Problem. Aber das müssen wir anschieben, unbedingt und sofort!" Maria registriert voller Bewunderung die Willenskraft, die Renate plötzlich ausstrahlt, die Überzeugung und Sicherheit, die von ihr ausgehen, und erwartungsvoll wendet sie sich Vera zu.

„Ich notiere eure Vorschläge", sagt die nur und beugt den Kopf über ihren Block. „Hat noch jemand etwas beizusteuern?" Zu ihrem Erstaunen räuspert sich Jana, die sich hinter den zarten, rotblonden Locken stets schweigsam zurückhält und fragt zaghaft und schüchtern: „Ich weiß ja nicht, wie es um deine finanzielle Lage bestellt ist, aber könntest du dir vorstellen, jedenfalls eine Haushaltshilfe zu engagieren?"

Jetzt meldet sich auch Magda zu Wort, und zu ihrem Erstaunen hört Maria, dass sie mit einem Kloß im Hals zu kämpfen scheint. „Ja ... ich habe, fürchte ich, keinen wirklichen Rat für dich, Katharina, weil mich deine Situation so sehr erschreckt und ich wohl immer noch nicht ermessen kann, was das alles wirklich, also täglich von morgens bis abends, für dich bedeutet. Aber ich bilde mir ein, herausgehört zu haben, dass du dich nicht nur durch die Veränderung deines Mannes und die damit verbundene körperliche Anstrengung überfordert fühlst, sondern auch durch die ... ja, wie soll ich es nennen ... Abwesenheit deiner Kinder, stimmt's?"

Erschrocken beobachtet Maria, wie Katharina, die Magda bis dahin aufmerksam gelauscht hat, zusammenbricht. Ein trockenes Schluchzen schüttelt ihren gekrümmten Körper, ein Schluchzen, das um Tränen zu betteln scheint. Wieder steht Maria auf, wieder drückt sie mit dem gesunden linken Arm Katharinas Kopf sanft an ihre Brust. Diesmal dauert es lange, bis sie sich wieder setzt.

Noch ehe Vera erneut das Wort ergreifen kann, macht Norbert durch heftiges Scharren und Räuspern auf sich aufmerksam. „Das ist der Ca ... der Ca ... der Casus knaxus", sagt er und nickt heftig dazu. „Das ist es! Du mu... du musst deine K... deine Kinder mit ins Boot holen!", fordert er und sieht triumphierend in die Runde. „Genau", fällt Holger-Hotzenplotz ihm ins Wort und fährt sich mit dem Unterarm über die schweißbedeckte Oberlippe, „schließlich seid ihr eine Familie, oder? Wo steht geschrieben, dass immer nur einer des andern Last trage?" Siegesgewiss blickt er von einer zur anderen, stößt allerdings nur auf Stirnrunzeln und betretenes Schweigen. Nach und nach wenden sich alle Gesichter Vera zu.

„Ich danke euch", sagt sie. „Ihr seid großartig." Ihr Lächeln leuchtet wie die Morgenröte und bezieht jeden einzelnen ein. „Liebe Katharina, es ist schwer für uns, jetzt, in diesem Moment, auseinandergehen zu sollen. Doch - unsere Zeit ist um. Aber mein Gefühl sagt mir, dass du mehr auch nicht tragen könntest ... mehr, als dir heute bewusst wurde ... Ich denke, dass all das sich erst einmal in dir sortieren muss, dass es sich erst einmal teilen muss in ‚hilfreich' und ‚weniger hilfreich', in ‚akzeptabel' und ‚inakzeptabel'. Ich würde mich freuen, wenn du einige Anregungen mit nach Hause nähmest, die dir vielleicht zu einer anderen, neuen Sicht auf die Dinge verhelfen. Aber vielleicht wurden auch nur neue Fragen aufgeworfen? Oder - auf Umwegen - sogar die eine oder andere Antwort gefunden?

Ich kann mir vorstellen, dass du uns schon nächste Woche von diesem oder jenem Fortschritt berichten wirst, den du auf deinem Weg erzielt hast. Daran glaube ich, Katharina - ganz fest!" Maria lauscht dem Klang der Worte - nur dem Klang, nicht ihrer Bedeutung. Sie spürt das drängende Bedürfnis zu beschwören, das ihnen anhaftet, und erkennt ihre Wirkung in den Gesichtern um sie herum. Schimmernde Augen, angehaltener Atem, vorsichtiges Lächeln. Nur Magda und Katharina selbst sind wach, doch ihre verschlossenen Mienen drücken eher Skepsis als Zustimmung aus. ‚Wir müssen auf sie achtgeben, Lieber', flüstert Maria tonlos mit unbewegten Lippen, ‚auf diese beiden ganz besonders. Meinst du nicht auch?'

Magda

Für die meisten Menschen ist der Freitag der schönste, weil entspannteste Tag der Woche. Für Magda nicht. Für Magda bedeutet der Freitag, dass sie drei, meistens mehr Stunden bei ihren Eltern verbringt, mit ihnen isst, mit ihnen trinkt, mit ihnen schweigt. Das Schweigen ist es, das diese Stunden füllt, das sie verdichtet und anschwellen lässt, bis sie das Gefühl hat, daran zu ersticken. Die Sprachlosigkeit ist maßlos, grau und watteweich.

Über den Rand der Teetasse hinweg beobachtet Magda ihren Vater, wie er im Gemüsegarten, schräg hinter der Wäschespinne auf dem kleinen Rasen, mühsam und Stück für Stück den Kompost umsetzt. Im Vogelhaus zu seiner Rechten richtet sich das Eichhörnchen auf, das sich dort im Sommer eingenistet hat, keckert empört und versucht, sich wieder einzurollen. Ihr Vater droht ihm lächelnd mit erhobenem Zeigefinger, und als er jetzt die Forke absetzt, den einen Arm darauf stützt und sich mit dem anderen über die Stirn wischt, setzt Magda die Tasse ab und fragt: „Wird Paps nicht langsam zu alt für die Gartenarbeit? Wollt ihr euch nicht vielleicht nach einer Hilfe umsehen?"

Ihre Mutter sieht auf, voller Erstaunen und Verwunderung, und fragt über den Rand ihrer Brille hinweg: „Du willst ihm seine Gartenarbeit nehmen? Sein Lebenselixier?" Das unverhohlene Entsetzen in ihrer Stimme, dieser Anflug von Empörung bringen Magda zum Schweigen, schuldbewusst senkt sie den Blick. Ohne ihre Haltung zu verändern, arbeitet ihre Mutter weiter an ihrer Stickarbeit, einer halb erblühten Königskerze von mindestens einem Meter Höhe. Ihre Stimme ist gedämpft, sie haucht mehr, als dass sie spricht. „Gönn ihm doch dieses Vergnügen, es bedeutet ihm so viel. In seinem Garten ist er zufrieden, da kann er loslassen und auftanken. Du wirst sehen: Wenn er hereinkommt, ist er wie neu geboren ..."

Magda öffnet den Mund, sie möchte erklären, dass nicht Missgunst, sondern Sorge um die Gesundheit ihres Vaters sie zu diesem Vorschlag verleitet hat, doch sie schweigt. Die übliche   Schwere hat sich ihrer bemächtigt. Eine Schwere, die auf ihren Schultern lastet, ihren Nacken beugt und an ihren Eingeweiden zerrt; von den Haarspitzen bis in die Fußsohlen breitet sie sich aus, macht sie unbeweglich und stumm. Sie lässt es zu, wieder einmal. Müde nimmt sie die Brille von der Nase und reibt sich die Augen.

„Kind, wie sitzst du denn da!" Tadelnd zieht ihre Mutter eine Braue hoch. „Wozu habe ich dich jahrelang zum Ballett geschickt? Sitz gerade, Kind - Brust raus, Bauch rein, Kinn hoch, so hast du es gelernt!" Magda hört sie nicht. Mit weit offenen Augen hält sie den Blick auf das Eichhörnchen gerichtet, das mittlerweile in den sich verfärbenden Blättern der Traubenkirsche turnt. Die Früchte sind schon schwarz, bald werden die Stare kommen, um sich an ihnen zu stärken für den langen Flug nach Süden.

„Ich vermisse sie so, Mama!", flüstert sie. „Ich vermisse sie so sehr ...!" Aufschluchzend schlägt sie die Hand vor den Mund, mit fest zusammengekniffenen Augen versucht sie, die Tränen zurückzuhalten. Das Würgen in der Kehle schüttelt ihren Körper, lässt sie schwanken und nach Halt suchen, und begleitet von einem zitternden Atemzug greift sie nach den Taschentüchern auf dem Tisch, trocknet die Augen und schneuzt sich diskret.

Ihre Mutter sitzt regungslos und hoch aufgerichtet mit dem Stickzeug in der Hand. Das Licht der Stehlampe lässt die weißen Strähnen in ihrem Haar erglänzen. Sie verzieht keine Miene, gleichmäßig zieht sie die Nadel durch den Stramin. Als Magda aufsteht, nach Worten sucht, aber nicht mehr als ein leises „Mama ..." über die Lippen bringt, hebt sie nicht den Kopf. Grußlos verlässt Magda den Raum.

Katharina

„... soweit recht gut", antwortet sie auf Annikas Frage, wie es denn heute wohl ihrem Papa gehe. „Ich würde sagen: Nicht schlechter und nicht besser als gestern oder vorgestern oder vorvorgestern …"

Annikas verwirrtes Schweigen scheint sich durch die Leitung hindurch als feste Schlinge um ihren Hals zu legen, doch tapfer fährt sie fort: „Und mir geht es trotz allem auch immer noch erstaunlich gut, danke der Nachfrage."

Und als sie nichts hört: „Bist du noch da?"

Zögernd und ratlos ertönt Annikas Stimme: „Mama … was ist los? Du bist so … anders heute Abend?" Katharina setzt sich gerade auf. Jetzt geht's los. Sie hat versucht, sich vorzubereiten, sich zu wappnen gegen Vorwürfe und Hilflosigkeiten, doch jetzt spürt sie, wie ihr Herz in ihren Ohren dröhnt und das Bedürfnis, ihrer Tochter die steile Falte zwischen den Augenbrauen glatt zu streichen, Überhand zu nehmen droht.

„Nichts ist los", sagt sie trotzdem so verhalten wie möglich, „außer dass meine Kräfte langsam versagen, mein Rücken streikt und meine Hände zittern. Es ist nichts weiter los, als dass ich seit Monaten keine Nacht mehr durchschlafe, dass ich ans Haus gefesselt bin, weil ich deinen Vater nicht allein lassen kann; es ist nichts weiter los, als dass sich mein Leben in einem Radius von maximal 15 Metern um sein Bett herum abspielt; es ist nichts weiter los, als dass wir beide hier, aufeinander angewiesen und voneinander abhängig und irgendwie ziemlich allein gelassen ganz langsam, aber sicher aneinander zugrunde gehen …"

Sie hört selbst, wie ihre Stimme zittert, wie sie immer höher klettert und immer gepresster klingt, doch jetzt hat sie einmal angefangen, jetzt will sie es auch zu Ende bringen, und so fährt sie, wie sie selbst es empfindet, hart und unerbittlich fort: „Willst du wirklich wissen, was hier los ist? Nein, glaub mir, das willst du nicht. Warum sonst kommst du nicht einfach mal vorbei und siehst es dir mit eigenen Augen an? Und bringst deinen Bruder gleich mit? Warum sonst besucht ihr euren Vater nicht mal, nach all den Monaten, die inzwischen vergangen sind? Denn dann wärt ihr erstaunt, was alles wir haben ‚loslassen' müssen."

Immer noch hat Annika ihre Sprache nicht wiedergefunden, und atemlos, weil nun schon wieder von Schuldgefühlen geplagt, fährt Katharina fort: „Ich will euch nicht in die Pflicht nehmen, Annika. Ich will nichts fordern von euch, das hab ich mir von Anfang an vorgenommen, und dabei bleibe ich auch. Ich wünsche mir manchmal einfach nur, dass jemand anerkennt - ach, was sag ich: dass jemand sieht, überhaupt nur wahrnimmt, was ich hier leiste!

Denn das steht fest, Nicki: Soviel wie jetzt hab ich in meinem ganzen Leben nicht arbeiten müssen." Und wie um diesen Satz zu unterstreichen, fährt sie sich mit dem Handrücken über die schweißnasse Stirn. „Ich schlafe weniger als zu der Zeit, als ihr beide Säuglinge wart - und das ist mehr als vierzig Jahre her. Ich hebe und trage mehr als damals, als ich den Umzug von Hamburg nach Gudow so ganz ohne Unterstützung bewältigte - und damals war ich gerade mal 37 Jahre alt und hatte einen gesunden Rücken. Ich übe mehr Jobs zur gleichen Zeit aus, als damals, als ich „nur" Mutter, Ehe- und Hausfrau war, die nebenbei ein bisschen gärtnerte und sich hier und da etwas dazu verdiente. Heute bin ich Ehe- und Klofrau, Krankenschwester, Putzfrau, Köchin, Physiotherapeutin, Kummerkasten und Prellbock - und das 24 Stunden am Tag."

Müde schließt sie die Augen. „Ach was, vergiss es, Nicki. Ich bin heut einfach nicht gut drauf ...", schickt ein Küsschen über den Äther und legt auf.

8. März

Als sie das Blitzlicht in Händen hält, verlässt sie der Mut. So fest hatte sie sich vorgenommen, heute endlich ihre Ausrufungszeichen zu setzen. Und doch macht sie wieder einen Strich, wenn auch nur einen kleinen, einen ganz kleinen, aber doch einen Strich in der Spalte „Mein Thema heute ...". Genauso wie in der Spalte „Das ist mir ... wichtig". Es wäre ihr wichtig, nein: es IST ihr wichtig - aber sie traut sich nicht. Bestimmt gibt es doch in dieser Runde Probleme, die viel schwerwiegender sind als das ihre, die es wert sind, gewälzt, besprochen und gelöst zu werden. Nein, es wäre ihr irgendwie peinlich, diese Menschen, die ihr schon so ans Herz gewachsen sind, ja - die ihr schon fast vertraut sind, mit ihren Problemchen zu belasten, zusätzlich zu der Last, die sie sowieso schon zu tragen haben.

Ein wenig zögerlich gibt Jana den Block zurück zu Vera. Sie bekommt ein herzliches Lächeln geschenkt, fühlt sich getröstet. ‚Alles hat seine Zeit', denkt sie, ‚meine kommt auch.' Dessen ist sie gewiss, bis dahin kann sie sich uneingeschränkt ihren Leidensgenossen, wie sie sie still für sich nennt, widmen. Ja, alle, die sich in diesem Raum, in dieser Runde zusammengefunden haben, haben sich Veras Führung anvertraut, öffnen sich - die eine mehr, der andere weniger -, erhoffen sich Hilfe und erfahren Zuneigung, Anteilnahme und Verständnis. Was sonst könnten Menschen sich gegenseitig schenken? Jana lächelt, sie ist dankbar, dass sie den Weg in diese kleine Gemeinschaft gefunden hat.

Auch Vera lächelt. Auch sie ist dankbar. Dankbar dafür, dass selbst am vierten Abend ihres Kurses immerhin noch sieben der ursprünglich siebzehn angemeldeten Teilnehmer erschienen sind. Das sind mehr, als sie zu hoffen wagte.

„Meine Aufgabe ist es", beginnt sie ruhig und mit fester Stimme, „euch auf das Dasein als ‚Selbsthilfegruppe' vorzubereiten." Sie schickt ihren bedeutungsvollsten Blick in die Runde. „Als Selbsthilfegruppe solltet ihr, wie der Name sagt, imstande sein, euch selbst zu helfen. Das setzt voraus, dass ihr mit den Anliegen, die die Gruppenmitglieder an die Gruppe als Ganzes herantragen, umgehen könnt. Ihr müsst wissen, wie ihr echte Probleme erkennt, wie ihr in temporären Krisen helfen könnt, wie ihr für jeden von euch die entsprechende Vertrauensbasis schaffen und wie ihr euch gegenseitig stützen und helfen könnt - sprich: Wie ihr nicht nur nach Lösungen sucht, sondern wie ihr sie auch finden könnt! Und das ohne mich."

Bei diesen Worten verliert Jana vollends den Mut. Wie soll das gehen? Wie sollen diese hilfsbedürftigen, suchenden, tastenden Menschen, die sich noch nicht einmal aneinander festhalten können, ohne Vera-Veritas auskommen, ohne diejenige, die die Richtung vorgibt, die ihnen, Halt und Stütze, die sie ist, zeigt, wo es langgeht? Staunend wandert ihr Blick zwischen Maria, Magda und Renate hin und her, die sich wie auf ein geheimes Zeichen hin gestrafft und aufgerichtet haben. Sie traut ihren Ohren nicht, als Maria mit ihrer kleinen Stimme jetzt sagt: „Ich denke, deshalb sind wir hier." Und Magda fügt sofort hinzu: „Das ist es, was wir brauchen: Einen Weg, ein Ziel, einen Sieg." Sie sagt es mit halbgeschlossenen Augen, aber ihre Worte gleichen einem Pfeil auf seinem Weg zur Schießscheibe, und der entschlossene Gesichtsausdruck, der Renates Nicken begleitet, überträgt sich nun auch auf Jana, deren Atem plötzlich viel ruhiger geht, obwohl sie spürt, wie ihr eine Gänsehaut den Rücken hinunter kriecht.

Vera greift nach dem Blitzlicht-Block, überfliegt die Zeilen und Spalten und lächelt wieder in die Runde. „Wie ich sehe, hat heute niemand ein Ausrufungszeichen gesetzt." Ihr Blick huscht zu Katharina hinüber, die den Blick mit leicht geneigtem Kopf auf die im Schoß ruhenden Hände gerichtet hält. „Bevor ich euch jedoch auf ein Gruppenleben ohne mich vorbereite, habe ich noch eine Frage an Katharina: Hat sich all das, was du uns am letzten Montag erzählt hast, wieder gesetzt und beruhigt, oder ist da etwas Sperriges geblieben, etwas, das vielleicht piekt und bohrt und noch geglättet werden muss?"

Katharina braucht nicht lange zu überlegen. „Nein", sagt sie, „pieken oder bohren tut da nichts. Wahrscheinlich habe ich lange genug gebraucht, um euch von mir und meinem Leben zu erzählen, da war ich auf mögliche 'Rohrkrepierer' wohl vorbereitet." Sie grinst ein lausbubenhaftes Grinsen, dann fährt sie fort: „Das einzige, worüber ich mir ernsthaft Gedanken gemacht habe, war Magdas Anregung, meine Kinder mit ins Boot zu holen." Sie sieht zu Magda hinüber, die ihr gespannt lauscht.

„Ich kann mir vorstellen, dass es sich für euch als Außenstehende so anfühlt, als ließen sie mich im Stich. Bis zu einem gewissen Grad mag das auch so sein. Aber nach reiflicher Überlegung bin ich zu dem Schluss gekommen, dass ich durch die lebenslange Forderung meiner Mutter, Kinder hätten ihren Eltern gefälligst dankbar zu sein, ein gebranntes Kind bin: Was ich am wenigsten möchte, ist, dass meine Kinder sich ihren Eltern verpflichtet im Sinne von verantwortlich fühlen. Was auch immer sie für uns tun, ob nun für meinen Mann oder vielleicht später einmal für mich, sollen sie bitte aus freien Stücken tun, aber nicht, weil sie es als - womöglich lästige - Pflicht empfinden. Das ist der Grund, weshalb ich so lange wie irgend möglich versuchen will, allein klarzukommen."

Anerkennendes Gemurmel von allen Seiten, nur Holger-Hotzenplotz kann sich nicht enthalten, sich vielsagend an die Stirn zu tippen. Vera lässt diese wenig hilfreiche Geste unkommentiert.

„Danke, Katharina, auch das ist ein Beitrag, über den es sich lohnt nachzudenken, meine ich. Und das Stichwort ‚allein klarkommen' möchte ich denn nun auch gleich aufgreifen, denn das ist das Thema, das ich heute Abend kurz ansprechen möchte: Stellt euch doch bitte einmal vor, ihr trefft euch ohne mich zu einem Gruppenabend. Stellt euch vor, ihr macht wie gewohnt das Blitzlicht. Und stellt euch vor: Keiner von euch setzt ein Ausrufungszeichen, niemandem brennt etwas unter den Nägeln - ihr habt also kein Thema für diesen Abend! - Was wollt ihr tun? Geht ihr etwas trinken? Verabschiedet ihr euch und geht nach Hause, in der Hoffnung, das sich beim nächsten Mal schon ein Thema finden wird? Oder denkt ihr euch schnell eines aus?"

Renate spürt, wie sich etwas wie Ärger rührt in ihr. Sie fühlt sich provoziert von Veras unterschwelliger Art, sich und ihre Bedeutung für die Gruppe herauszustellen, und aus dem Augenwinkel beobachtet sie, wie Magda sich gerade hinsetzt, die Beine übereinander schlägt und die Arme vor der Brust verschränkt. ‚Aha', denkt Renate, ‚da macht wohl grad jemand dicht ...' Doch sie hat sich getäuscht: Mit ungewohnt harter Stimme erklärt Magda die Gruppe für imstande, auch ohne spezielles Thema einen Abend verbringen zu können, von dem alle profitieren und etwas mit nach Hause nehmen, und sei es nur das Bewusstsein, dass man für eventuell auftretende Probleme eben immer eine Anlaufstelle habe. „Aber ich denke, dass wir uns bis dahin so gut kennengelernt haben, dass uns allein schon das Zusammengehörigkeitsgefühl eine Menge geben wird." In Marias einhändiges Klatschen fallen alle begeistert ein.

„Außerdem könnten wir einfach ein zweites Blitzlicht hinterherschicken", schlägt Renate jetzt vor. „Unter dem Aspekt, dass es niemandem von uns wirklich unter den Nägeln brennt, wie du es nennst, würde aber vielleicht beim zweiten Anlauf einer von uns ein Thema anschneiden, dass vielleicht nicht gerade akut, aber dafür nicht weniger dringlich ist. Wär doch möglich, oder?" Auch sie erntet von allen Seiten Beifall. „Oder wir könnten ein Thema auslosen", sagt Jana jetzt und wird ein wenig rot. „Jeder könnte so ein Thema, wie Renate es eben beschrieben hat, auf einen Zettel schreiben. Dann werden alle Zettel gesammelt, einer wird gezogen - und schon haben wir ein Thema für den Abend." Sie lächelt schüchtern und freut sich über das beifällige Gemurmel der anderen.

„Ich glaub, ich wär da ganz pragmatisch", meldet sich jetzt Holger-Hotzenplotz, und alle Gesichter wenden sich ihm voller Erstaunen zu: Es ist tatsächlich das erste Mal, dass er sich in dieser Runde so energisch zu Wort meldet. „Also, nicht alle werden ja wohl die Spalte ‚Mein Thema heute ...' ganz und gar frei lassen, oder? Irgendjemand wird da doch was eintragen, ob nun mit oder ohne Ausrufungszeichen, und der ist dann eben dran. Fertig. Aus die Maus."

Renate empfindet diesen Einwurf als eher unqualifiziert, hält sich aber zurück, denn Vera neigt sich ihm leicht entgegen, zwinkert verschwörerisch und deutet mit dem Kugelschreiber auf den Block auf ihren Knien. „Das wäre eine weitere Möglichkeit, natürlich. Nun, ich werde euch sagen, wie ich unser kleines Problem heute lösen werde: Ich gehe einfach die Reihe eurer Striche in der Zeile ‚Das ist mir Punkt Punkt Punkt wichtig' durch, und wer den kürzesten Strich gemacht hat, der war am unentschlossensten, der hätte eigentlich doch gern ein Ausrufungszeichen gesetzt, stimmt's ... Jana?"

Heiße Röte breitet sich aus auf Janas Gesicht, kriecht den Hals hinunter bis in den Nacken und lässt kleine Schweißperlen wachsen auf ihrer Oberlippe. „Ja ...", stammelt sie, „ja, irgendwie schon, aber ich möchte nicht ... also, ich dachte, dass doch bestimmt jemand anderes ..."

Jana sitzt kerzengerade, hat die Füße in den orthopädischen Schuhen fest nebeneinander gestellt und die Hände ineinander verschränkt. Zuckend liegen sie in ihrem Schoß. Über der hohen, zart gerundeten Stirn kräuseln sich ein paar kurze Strähnchen, die sich aus dem Haargummi gelöst haben, und die Augenlider flattern wie Schmetterlingsflügel. Ganz ernst geworden, wendet Vera sich ihr zu. „Ist es dir wichtig?", fragt sie, und Jana nickt. Nickt noch einmal und flüstert: „Ja." „Möchtest du vielleicht doch noch ein Ausrufungszeichen setzen?" „Ja", haucht Jana, greift nach dem Blitzlicht-Block und setzt mit zittrigen Fingern ein Ausrufungszeichen, wo bisher ein klitzekleiner Gedankenstrich war.

Vera atmet auf. Damit Jana Zeit hat, sich auf die Präsentation ihres Themas vorzubereiten, schlägt sie eine erste Entspannungsübung vor, die - außer von Holger-Hotzenplotz - dankbar angenommen wird und ihre Wirkung nicht verfehlt. Angenehm entspannt und deutlich ruhiger geworden, kann Jana jetzt mit annähernd fester Stimme ihr Thema vorstellen.

„Ich möchte euch von einem Traum erzählen", beginnt sie, „von einem Traum, den ich seit Jahren mindestens einmal in der Woche träume. Ich weiß nicht, was er bedeutet, aber er ... er macht mich einfach fertig!"

Tief atmet sie ein, streicht mit beiden Händen den Rock glatt und fährt fort. „Es ist immer dasselbe: Ich gehe spazieren zwischen Getreidefeldern und blumengeschmückten Wiesen, gehe unter Trauerweiden hindurch - und spätestens an dieser Stelle weiß ich schon, dass es kein Zurück mehr gibt - hinunter zu einem See. Ich weiß, dass dort an einem Steg ein Boot auf mich wartet, aber wenn ich aus dem Schatten der Bäume heraustrete, ist es nicht da.

Ich bin traurig und enttäuscht und will umkehren, aber dann höre ich dieses leise Plätschern, und ich weiß: Jetzt kommen sie. Zwei Männer bringen das Boot, aber sie lassen mich nicht einsteigen. Sie machen es fest an einem Pfahl, sie stehen am Ende des Steges, ich kann ihre Gesichter nicht erkennen. Es sind ein langer, dünner und ein kleinerer, dicklicher Mann, und sie sind ganz in Schwarz gekleidet, in schwarze Umhänge, die Kapuzen haben sie tief ins Gesicht gezogen. Eigentlich sieht man gar nicht, dass es Männer sind, aber ich fühle es. Ich weiß es. Ich bleibe stehen. Ich stehe am oberen Ende des Steges, sie stehen am unteren Ende. Ich kann mich nicht bewegen. Ich möchte mich umdrehen und weglaufen, aber ihre Blicke nageln mich fest, ich fühle mich gefesselt wie mit klebrigen Spinnenfäden. Ich kann ihre Augen nicht sehen, aber ich spüre die Blicke ... und sie halten mich gefangen. - Dann wache ich auf."

Die Temperatur im Raum scheint gesunken zu sein, Renate reibt sich fröstelnd die Arme. Holger-Hotzenplotz scharrt mit den Füßen, räuspert sich und versucht, möglichst teilnahmslos in die Runde zu schauen, während Norbert-Nordpol sein Taschentuch zückt, sich nicht nur den Mund, sondern auch Stirn und Nacken reibt und energisch versucht, seine Hemdsärmel über die Hände zu ziehen. Maria und Katharina starren reglos vor sich auf den Boden, Magda schüttelt ungläubig den Kopf und wischt sich unauffällig über die Wange. Es ist still im Raum.

„Was hältst du davon", Vera räuspert sich, räuspert sich noch einmal und schluckt. „Was hältst du davon, Jana, wenn wir einmal versuchen würden, diese Situation aus deinem Traum aufzustellen, so wie du sie gerade geschildert hast?" Jana sieht Vera verständnislos an, auch die anderen verharren gespannt. „V... Von Aufstellungen ha... hab ich schon gehört", meldet sich Norbert zu Wort, „die sind nicht o... ohne, glaub ich."

Vera zieht kaum merklich eine Augenbraue hoch, lächelt aber unbeirrt weiter. „Da hast du völlig Recht, Norbert", pflichtet sie ihm bei, und Norbert lehnt sich befriedigt zurück. „Aufstellungen bleiben nie ohne Wirkung. In Familienaufstellungen zum Beispiel kann es zu richtigen ‚Aha-Erlebnissen' kommen, wenn es gelingt, Zusammenhänge und Lösungen ans Tageslicht zu fördern, die wir über den Verstand oder mittels anderer Methoden nicht erkennen konnten. Die Resultate lassen uns immer wieder staunen über die Möglichkeiten und Potentiale, die uns diese Art von Aufstellungen an die Hand gibt. - Voraussetzung für so einen Versuch ist aber natürlich in jedem Fall, dass der Klient, also derjenige, der die Aufstellung vornimmt, wirklich den Wunsch hegt, seinem Problem auf die Spur zu kommen." Bei den letzten Worten hat sich ihr Blick fragend auf Jana gerichtet.

Jana ist schon wieder verlegen, die breiten Wangenknochen treten unter der straff gespannten Haut hervor und fast ärgerlich streicht sie die zarten Kringellocken aus dem Gesicht. Aber auch sie lächelt tapfer. „Ja. Doch. Dieser Traum verfolgt mich schon so lange - es wäre wahrscheinlich eine Erlösung, wenn ich endlich wüsste, was er zu bedeuten hat."

Darauf hat Vera gewartet, sie klatscht fröhlich in die Hände. „So sei es!", ruft sie, springt auf und tritt in die Mitte des Stuhlkreises. „Dann bitte ich euch, eure Stühle an den Rand zu rücken und uns hier Platz für den Bootssteg zu machen." Als sich zwischen den Stühlen eine breite Schneise auftut, tritt Vera hinein und sieht Jana bedeutungsvoll an. „Bitte, Jana, stell dich an dein Ende des Bootsstegs, ja?" Zögernd macht Jana einen Schritt auf sie zu, besinnt sich dann aber und stellt sich weit nach außen ins Halbdunkel des Raumes. „Wunderbar", ruft Vera, „und nun wähle bitte zwei Stellvertreter!" Jana öffnet den Mund, macht eine hilflose Handbewegung und zuckt mit den Schultern. „Ach, entschuldige", ergänzt jetzt Vera, „‚Stellvertreter' nennen wir diejenigen, die du dir aus unserer Runde erwählen sollst. Sieh dich um, sieh sie dir genau an, und dann entscheide, wer am besten geeignet sein könnte, die beiden Männer, diese schwarzen Gestalten auf dem Bootssteg, darzustellen."

Langsam lässt Jana den Blick schweifen. Als Stellvertreter für den langen, dünnen Mann würde sie am liebsten Vera-Veritas wählen, traut sich aber nicht. Stattdessen fällt ihr Blick auf Magda, die als einzige die Augen nicht gesenkt hält, sondern sich bemüht, einen Eindruck von Gelassenheit zu erwecken. Janas Blick gleitet über sie hinweg, kehrt zurück und bleibt wieder an ihr hängen. „Magda, würdest du vielleicht ...?", fragt sie leise, und Magda schluckt und nickt. „Welcher bin ich?", fragt Magda ebenso leise. „Ich glaub, der lange Dünne", antwortet Jana, und beide lächeln sich ein wenig verlegen zu. Als Stellvertreter für den kleinen Dicklichen wählt Jana - „entschuldige, du bist nicht dicklich, bitte nimm das nicht persönlich!" - Maria. Vera ist begeistert.

„Okay! Die drei stehen sich also auf dem Bootssteg gegenüber. Jana steht dort am Seeufer, sie ist gerade unter den Zweigen der Trauerweide hervorgekommen, sie ist enttäuscht, dass das ersehnte Boot nicht da ist und will gerade umkehren, als sie das Glucksen des Wassers hört. Da kommt das Boot! Zwei Männer bringen es. Doch nachdem sie das Boot vertäut und den Bootssteg betreten haben, tun sie nichts mehr. In ihre schwarzen Umhänge gehüllt, die Kapuzen tief ins Gesicht gezogen, stehen sie einfach nur am anderen Ende des Steges. Die drei stehen sich gegenüber", sagt Vera und dirigiert Magda und Maria mit energischen Handbewegungen in die entsprechende Position. „Sie stehen da und sehen sich an. - Was geschieht?"

Langsam senkt sich die Dämmerung herab. In den Zweigen der Trauerweide spielt sanft der Wind, vom Wasser her ruft ein Teichhuhn. Die untergehende Sonne blinkt tröstlich schimmernd auf den kleinen Wellen des Sees, die mit leisem Plätschern an die Wand des Bootes schlagen. Reglos verharren die Gestalten am Ende des Steges, die kühle Abendluft lässt das Holz knacken. Jana strengt die Augen an, sie möchte erkennen, was sie sieht. Wer sind diese beiden? Sie kennt sie, sie spürt, dass sie ihr vertraut sind, und doch fürchtet sie sie, sie möchte fliehen, nein: flehen, sie möchte sie anflehen und bitten ... um .... ja, worum?

Tränen stürzen ihr aus den Augen, sie weiß, dass sie jetzt die Chance hat, diesem grausamen Spiel ein Ende zu setzen, sie braucht nur das erlösende Wort zu sprechen, den erlösenden Gedanken zu denken. Wenn sie jetzt das Wort findet, das Bild, für das dieses Wort steht, dann ist sie frei, dann darf sie sich umdrehen und gehen, aber auf dieses Wort warten sie, auf dieses Bild, und solange sie es ihnen nicht sagen, nicht zeigen kann, bleiben sie dort, bleiben sie stehen und halten sie fest, gefangen im Dunkel der Erinnerung, zu der ihr der Zugang verwehrt ist ... Bittend hebt Jana die Hände.

Am anderen Ende des Stegs steht Magda, gehüllt in den schwarzen Umhang des Schweigens. Reglos steht sie, Seite an Seite mit Maria. Es ist ihr unangenehm, so dicht neben Maria zu stehen, sie möchte sie wegschieben, und da beginnt Maria auch schon zu schrumpfen. Und während Maria immer kleiner zu werden scheint, immer kleiner und kleiner und schließlich ganz ihrer Wahrnehmung entschwindet, fühlt sie, wie sie selbst größer wird, schwärzer, mächtiger. Und je größer sie wird, desto kälter wird sie, desto härter wird der Blick, mit dem sie Jana fixiert. Sie spürt, wie die Macht Besitz ergreift von ihr, wie das Böse sich ausbreitet in ihr und sie über sich hinauswachsen lässt, in Janas Blick sieht sie sich gespiegelt, sieht Furcht und Angst aufflackern in ihren Augen und spürt, wie sie diese Angst genießt, wie sie sich weidet an Janas Hilflosigkeit, wie sie böse wird und immer böser, kalt und immer kälter ... und gleichzeitig brennen die Tränen in ihren Augen, verschleiern ihren Blick, bahnen sich ihren Weg unter der Brille hindurch und schwemmen ihr Make up davon, bis sie als dunkler Fleck auf ihrer Bluse versickern. Aufschluchzend schlägt sie die Hände vors Gesicht und bricht hemmungslos weinend zusammen.

Es dauert lange, bis wieder Ruhe eingekehrt ist. Viele Umarmungen, viele nassgeweinte Taschentücher später sitzen sie wieder zusammen, haben den Stuhlkreis geschlossen und hüllen sich ein in die Vertrautheit der Runde. Keiner braucht den anderen anzusehen, eine ist so erschöpft wie die andere. „Lasst uns eine kleine Reise durch den Körper machen", schlägt Vera vor, und nicht nur Maria hat den Verdacht, dass sie selbst auch diese Atempause braucht. „Wenn wir zurückkommen, werden wir das eben Erlebte ganz sicher besser beurteilen und verarbeiten können." ‚Das wäre schön', denkt Magda, während sie ihre Taschen abtastet auf der Suche nach einem frischen Taschentuch. Ihre Tränen wollen nicht aufhören zu fließen.

Nach der Entspannungsübung hat Katharina kurzentschlossen alle Fenster aufgerissen - „Ich lass mal grad alles raus, ja?", sagt sie und grinst Vera ein wenig schief an - und nun geht ihr Atem wieder ruhiger, die Gesichter scheinen weniger erhitzt, die kalte Luft, die sie atmen, riecht nach Schnee.

„Ja, das war eine emotionsgeladene Atmosphäre im Raum, das kann man sicher so sagen", beginnt Vera ernst, und Maria spürt ihr Bemühen, ihre Stimme zuversichtlich klingen zu lassen. „Zunächst einmal danke ich euch dreien, dass ihr den Mut hattet zu dieser Aufstellung, es war nicht zu übersehen, wie viel sie euch gekostet hat." Ein bedeutungsvoller Blick gleitet von Jana zu Maria und bleibt kurz an Magda hängen. „Obwohl in diesem ‚Stück' du, Jana, ja nicht nur die Hauptdarstellerin, sondern irgendwie auch die Regisseurin warst, nehme ich an, dass jede von euch anderes erlebt und erfahren hat. Seid ihr bereit, uns daran teilhaben zu lassen? Wer möchte beginnen?" Nach einem kurzen Moment der Atemlosigkeit hebt Maria die Hand, nimmt langsam und bedächtig die Brille von der Nase und beginnt mit ihrer zart klingenden Stimme: „Ja, ich möchte erst einmal ‚Danke' sagen, Jana, dass du mich zur Stellvertreterin erwählt hast - ich weiß das zu schätzen.

Andererseits weiß ich nicht, ob ich wirklich die richtige Besetzung war für diese Rolle, denn ich konnte ja zum eigentlichen Geschehen so gar nichts beitragen. - Wie ich da so neben Magda am Ende des Bootsstegs stand, fühlte ich mich so, wie du mich beschrieben hast: klein und dicklich - und irgendwie hin und her gerissen. Einerseits völlig unscheinbar und verloren, andererseits aber auch trotzig und traurig. Ich hatte das Gefühl, aus meiner Rolle gedrängt zu werden, mich langsam aber sicher aufzulösen. Dabei fühlte ich mich abhängig von Magda, ich spürte, dass sie den wichtigeren Part übernommen hatte und auch bestimmen würde, was ich zu tun hätte.

Und was ganz merkwürdig war: Je länger Jana und Magda sich ansahen, desto kleiner fühlte ich mich, desto mehr versuchte ich, mich zurückzunehmen. Und als die beiden anfingen zu weinen, hatte ich das Gefühl, gar nicht mehr da zu sein, obwohl ich andererseits genau wusste, dass ich mit all diesem Jammer verknüpft war ... ja, ich weiß nicht, wie ich mich ausdrücken soll .. Ich hatte das Empfinden, dass es in diesem Ringen zwischen den beiden auch darum ging, auf wessen Seite ich mich schlagen würde ... und ich fühlte mich fast versucht, mich für Jana zu entscheiden, aber dann übernahm Magda, und ich zog es vor, unsichtbar zu werden." Maria sieht ratlos aus, entschuldigend lächelt sie Jana an und setzt die Brille wieder auf.

„Für mich überwog in dieser ganzen Szene die Angst", nimmt Jana den Faden auf. „Als ich am Ende des Bootssteges stehen blieb, wusste ich, was kommen würde: Erst das verheißungsvolle Plätschern des Wassers, das die Ankunft des Bootes verkündet, dann die Männer, die mir schwarz und unbeweglich gegenüberstehen und von denen ich mich bedroht fühle, dass mir das Mark in den Knochen gefriert. -

Als mir Magda und Maria gegenüberstanden, hat es nur einen klitzekleinen Augenblick gedauert, bis ich nicht mehr sie, sondern die Kapuzenmänner in ihnen sah, und die Angst drohte, übermächtig zu werden. Besonders von Magda ging eine Kälte aus ... eine Kälte, die mir irgendwie vertraut war. Einen kleinen Moment lang hatte ich das Gefühl, Maria würde sich wie zu meinem Schutz dazwischen schieben, aber schon übernahm Magda wieder die Führung, und Maria schien sich fast zu ducken oder zu verstecken, und ich glaube, ich schrie innerlich sogar nach ihr und hatte die Hoffnung, dass sie mich doch noch gegen Magda in Schutz nehmen würde.

Aber dann war nur noch Magda da, Magda die Große, Magda die Schwarze, kalt und böse und gefährlich, sie war der lange dünne Mann, und ich konnte nicht zum Boot kommen und nicht zurücklaufen, es war wie immer, ich stand wie festgeklebt am Ende des Steges und musste das Schweigen ertragen bis zum bitteren Ende ..."

Ihre Stimme versagt, aufschluchzend stopft sie sich das ganze, riesige Männertaschentuch in den Mund, mit dem sie sich schon den ganzen Abend die Tränen und die Nase getrocknet hat, und wortlos wendet Vera sich Magda zu.

Die kauert zusammengesunken auf ihrem Stuhl, sieht nichts und hört nichts, lässt die Tränen fließen und schnieft leise vor sich hin. „Magda?" Noch einmal spricht Vera sie an, doch erst, als Norbert ihr zögernd die Hand auf den Arm legt, hebt sie den Kopf und sieht sich um. „Magda, warum weinst du so sehr?", fragt Vera, und Maria meint, etwas wie Tadel aus ihrer Stimme herauszuhören. „Magst du uns erzählen, was dich an dieser Szene so sehr erschüttert hat?"

Langsam richtet Magda sich auf, versucht ein zaghaftes Lächeln und nimmt die nasse, verschmierte Brille endgültig ab. Sie fährt sich mit den Händen übers Gesicht und in die Haare. „`tschuldigung", flüstert sie und schüttelt den Kopf. „`tschuldigung. Aber dieses Gefühl ... dieses Böse in mir ... es war so eklig, so entsetzlich ... Ich hätte nie gedacht, dass ich zu solchen Gefühlen fähig bin! Nie hätte ich geglaubt, dass soviel Böses in mir steckt! Je länger ich Jana ansah, desto hilfloser erschien sie mir, und je hilfloser sie mir erschien, desto machtvoller fühlte ich mich, desto kälter wurde ich, und so rachsüchtig ... so böse ... Oh mein Gott, noch nie in meinem Leben hab ich soviel Bösartigkeit in mir verspürt!" Sie schreit es fast heraus, schlägt die Hände vors Gesicht und überlässt sich dem Weinkrampf, der sie erneut schüttelt.

„Kannst du uns noch etwas zu deiner Haltung Maria gegenüber sagen?", fragt Vera und verteilt Taschentücher an alle, die eines brauchen. Magda reißt sich zusammen, schluckt und atmet tief durch. „Ja", sagt sie und kneift die Augen zusammen, „das war ja das Merkwürdige: Dieses Böse in mir richtete sich anfangs gegen Maria, glaube ich. Ich fühlte mich unbehaglich neben ihr, es war geradezu körperlich spürbar. Ich versteh das nicht, aber wie ich da so neben ihr stand, hätte ich sie am liebsten vom Steg geschubst, ich konnte ihre Gegenwart kaum ertragen - entschuldige Maria, bitte entschuldige, du warst ja nicht wirklich gemeint! - aber sie entzog sich mir, indem sie langsam, aber sicher entschwand, bis ich sie überhaupt nicht mehr sah und mich ganz auf Jana konzentrierte. Und dann waren da nur noch Jana ... und das Böse in mir."

Jana und Magda sind erschöpft, Renate reibt sich nach wie vor die Arme, sie friert von innen nach außen. Holger-Hotzenplotz sieht demonstrativ auf seine Uhr, sieht dann Vera an und runzelt die Stirn. Vera nickt verstehend. „Ja, Holger macht mich gerade darauf aufmerksam, dass unsere Zeit um ist. Das stellt mich als Gruppenleiterin jetzt vor ein Problem." Auch Katharina wirft einen Blick auf ihre Uhr und stellt fest, dass es bereits nach halbacht ist. „Eigentlich sollten wir uns an die Regeln halten und Schluss machen. Wenn ich euch allerdings ansehe, mag ich euch nicht allein lassen und ohne Klärung und Unterstützung in die Woche schicken, und so biete ich euch an, heute ausnahmsweise eine Doppelsitzung zu machen und Janas Aufstellung aufzuarbeiten. -

Bitte besprecht euch untereinander, ob ihr von diesem Angebot Gebrauch machen möchtet." Während Vera den Raum betont leise verlässt, steht Katharina auf und öffnet erneut die Fenster. „Ich glaube, wir brauchen jetzt alle erstmal einen klaren Kopf, oder?", fragt sie, hat die Entscheidung aber bereits getroffen.

„Also, ich für mein Teil hab noch was vor", sagt Holger-Hotzenplotz, und seine Stimme hat einen unangenehmen Unterton. „Und diese ... diese ‚Aufstellungen' sind sowieso nicht mein Ding, ihr nehmt es mir also wohl nicht übel, wenn ich mich jetzt verpiesel, oder?" Er reißt seine Jacke von der Stuhllehne, zieht geräuschvoll die Nase hoch und winkt ein demonstrativ lässiges ‚Bye bye' über die Schulter zurück. Draußen hören sie ihn Vera einen Gruß zurufen, dann fällt die Tür hinter ihm ins Schloss.

„Ich kann jetzt noch nicht nach Hause gehen." Janas Stimme ist sehr dünn. „Und wenn ihr alle keine Doppelsitzung wollt, geh ich eben ins ‚Amadeus' und betrink mich." Bei der Vorstellung, wie ausgerechnet Jana an der Bar sitzt und sich aus lauter Kummer betrinkt, muss selbst Magda lachen, und plötzlich sind sich alle einig, dass sie Veras Angebot annehmen und eine Sitzung dranhängen wollen. -

Als alle wieder ihre Plätze eingenommen haben, öffnet sich leise die Tür. Holger-Hotzenplotz ist zurück, schiebt sein rundes Hinterteil auf den Stuhl und murmelt auf seine Schuhe hinunter: „Ich hasse open ends. Aber dann bin ich weg ..." Niemand in der Runde scheint ihn bemerkt zu haben, Vera schaltet wortlos den CD-Spieler ein und lässt das Meer im Hintergrund leise rauschen. Ihr Blick wandert von einem zum anderen, versucht, die allgemeine Gemütslage zu erfassen und verschwindet schließlich unter gesenkten Lidern.

„Bevor wir uns jetzt unseren ‚Akteuren' wieder zuwenden", sagt sie mit einer entsprechenden Handbewegung zu Jana, Maria und Magda, "wüsste ich gern, wie diese Szene auf euch, die ihr nicht direkt daran beteiligt wart, gewirkt hat." Aufmunternd sieht sie Norbert-Nordpol an und erwartet lächelnd seine Stellungnahme. Norbert rutscht auf seinem Stuhl hin und her, verknotet die Füße und stellt sie wieder auf, und während er nach Worten sucht, knetet seine rechte Hand erbarmungslos die Knöchel der linken. „Also, i.. i... ich ...", beginnt er, reißt plötzlich den Kopf hoch und sieht Jana fest in die Augen, „ich kann mir gut vorstellen, wie sehr dich diese Vi... Vision belastet!" Langsam dreht Magda den Kopf, sieht ihn anerkennend an und lächelt. Das war ein Satz fast ohne jedes Stottern, und auch Renate, Katharina und Maria freuen sich mit ihm. Jana scheint dieses Erfolgserlebnis nicht einmal wahrgenommen zu haben, sie legt den Kopf schief und die Stirn in Falten und flüstert nachdenklich: „Vision? War das eine Vision? Nein, ich glaube nicht ... Ich glaube, das war ... eine Erinnerung." Selbst erstaunt über diese Worte, hebt sie den Kopf und sieht Vera fragend an. „Kann das sein?"

Vera gibt die Frage weiter an die Runde, und Katharina, die bisher mit zusammengekniffenen Augen schweigend beobachtet hat, regt sich, lässt die Hände in den Schoß sinken und fragt ganz vorsichtig: „Leben deine Eltern noch, Jana?" Verwirrt bejaht diese. „Könntest du sie uns beschreiben, ihre äußere Erscheinung meine ich vor allem, aber auch dein Verhältnis zu ihnen?"

Einen kurzen Augenblick lang schließt Jana die Augen, dann breitet sich ein Lächeln aus auf ihrem Gesicht. Die Haut über den ausgeprägten Wangenknochen strafft und rötet sich leicht. „Mit dem Gedanken an meine Mutter verbinde ich auch immer ihren Duft. Sie duftete nach Lavendel, wisst ihr? Mein Vater behauptet, Lavendel sei der Geruch von alten Frauen, von Frauen kurz vor der Verwesung, wie er sich ausdrückt. Er hat ihr Unmengen von Parfums geschenkt, aber sie blieb bei ihrem Lavendel. Und dabei benutzte sie nichts weiter als Lavendelseife, aber irgendwie schien sie selbst von innen heraus schon danach zu duften.

Ja, meine Mutter war klein, rund und weich, so weich und warm, in ihrem Arm fühlte man sich einfach zuhause ... Wenn ich auf ihrem Schoß sitzen und meinen Kopf an ihre Schulter legen konnte, war die Welt wieder in Ordnung, dann hielt sie mich fest, summte eine Melodie ganz dicht an meinem Ohr und wiegte mich leise hin und her ...“ Sie hält inne, ein verträumtes Lächeln auf dem Gesicht. „Du sprichst von ihr in der Vergangenheit“, fragt Renate dazwischen, „hast du nicht grad gesagt, deine Eltern leben beide noch?“

Janas Augen schimmern feucht, sie schluckt und nickt. „Ja, sie leben beide noch - aber nicht zusammen. Ich war acht, gerade eben acht Jahre alt geworden, als mein Vater mich eines Tages völlig außer sich vor Wut und brüllend wie ein Stier am Arm packte. Er zerrte mich in unser Gartenhäuschen, stieß mich hinein und zeigte mit zitternder Hand auf das Sofa, auf dem nackt und eng umschlungen meine Mutter und die Mutter meiner besten Freundin lagen.“

Jetzt friert auch Magda. Sie schlingt die Arme um den Oberkörper und bemüht sich, nicht mit den Zähnen zu klappern, während Norbert-Nordpol neben ihr sein Taschentuch aus der Hosentasche zerrt und sich Hals und Stirn zu trocknen beginnt.

„Damals wusste ich natürlich noch nicht, was das bedeutete, was das für Konsequenzen haben würde“, fährt Jana fort, während sie den Blick in die Ferne wandern lässt.

„Aber es war für lange Jahre das letzte Mal, dass ich sie sah - mein Vater wusste jeden Kontakt zwischen uns zu unterbinden. Erst als ich fünfzehn wurde, hat mir meine Tante heimlich, still und leise einen Zettel mit einer Adresse zugespielt: ‚Albert-Einstein-Straße 7‘, stand darauf, und es hat lange gedauert, bis ich den Ort dazu herausfand: Meine Mutter lebt mit ihrer Partnerin zusammen in Essen.“

Wieder ist es Katharina, die sich zu Wort meldet. „Jana, kann es sein, dass dein Vater sehr groß und schlank ist?“, fragt sie, und erstaunt und mit gekrauster Stirn bestätigt Jana diese Vermutung. „Ja. Er ist nicht nur schlank, er ist dürr. Naja, früher war er schlank, das stimmt, er sah wohl wirklich sehr gut aus. Er hatte dunkle, wellige Haare - die sind inzwischen dünn geworden und eher mausgrau - seine blauen Augen strahlten und leuchteten, darauf war sogar ich als Kind schon stolz. Besonders strahlend funkelten sie, wenn sein Blick sich auf meine Mutter richtete. Ich glaube, er hat sie vergöttert. Oft habe ich gedacht, dass nur aus übergroßer Liebe ein so übergroßer Hass werden kann ... Haltet ihr das für möglich?“

Nachdenkliches Schweigen breitet sich aus. Auf einen ermunternden Blick von Vera hin führt Katharina ihre Überlegungen fort.

„Wenn ich dir so zuhöre, Jana, wie du einerseits von den Männern auf dem Steg und andererseits von deinen Eltern sprichst, dann frage ich mich, ob sie nicht identisch sind. Kann nicht dein Vater der lange schwarze Mann sein, der die Macht hat, der böse, grausam und unbesiegbar zu sein scheint, und vor dem sowohl du als auch Maria, also der kleine, dickliche Mann sich fürchten? Kann nicht der kleine, dickliche Mann an seiner Seite deine Mutter sein mit ihrer doch offensichtlich lesbischen Veranlagung? Und die, wie auch Magda es empfunden hat, sich eigentlich gern zwischen dich und deinen Vater stellen würde, sich aber dann doch zurückzieht und irgendwie gar nicht mehr da ist, wie Maria es beschrieben hat?"

Aus Janas Gesicht ist jegliche Farbe gewichen. Schweißperlen glänzen auf ihrer Stirn, mit weit aufgerissenen Augen und offenem Mund starrt sie Katharina an. Selbst Vera scheint den Atem anzuhalten, während Magda sich plötzlich mit einem pfeifenden Laut zurücklehnt und mit beiden Händen die Haare rauft. „Meine Güte, ja!", flüstert sie, lacht unter Tränen und legt Katharina dankbar die Hand auf den Arm. „Ja, du hast Recht! Genauso hat es sich angefühlt, so hin und her gerissen, so verzweifelt und hasserfüllt. Irgendwie ging es um Rache, aber auch ganz viel um Trauer, um abgrundtiefe Trauer um Verlorenes ... Ja, so fühlte es sich an ..."

„Nie wieder hat er ihren Namen genannt", flüstert jetzt Jana, „nie wieder von ihr gesprochen. Einmal habe ich ihn angeschrien, da war ich schon fast erwachsen. Ich habe ihn beschimpft und beschuldigt, sie mit seiner gnadenlosen Härte kaputt gemacht und vertrieben zu haben, da hat er mich so geprügelt, dass ich quer durch die Küche an die Wand flog und erst Minuten später wieder zu mir kam. - Jetzt ist er dement, völlig hilflos ohne mich. Dabei ist er noch keine siebzig. Aber er hat sich aufgegeben, schon lange bevor er in Rente ging. Sein Leben lang hat er den starken Max markiert, das hat ihn wohl zerfressen ..."

Mit einer langsamen Drehung wendet sich Vera Magda zu. „Verstehst du jetzt, warum du dich so elend gefühlt hast?" Magda nickt. „Ja. Ja, ich glaube, ich verstehe es. Ich - also er - war wirklich böse, gefährlich böse und rachsüchtig und unbarmherzig. In ihm war alles abgestorben, da waren nur noch Kälte und Einsamkeit...

Vera

Vera zerrt den Fahrradschlüssel aus der Hosentasche und verknotet den langen Strickmantel vorm Bauch, damit er sich während der Fahrt nicht wieder in der Kette verfängt. Es nieselt, im Licht der Straßenlaternen glänzt der Asphalt wie flüssiges Blei. Mit klammen Fingern greift sie nach ihrer Kapuze, stülpt sie über ihre plusterige Lockenmähne und zieht sie weit in die Stirn. Vergeblich sucht sie nach ihren Handschuhen. Sie entfernt das massive Schloss, zieht das Rad aus dem Ständer und schiebt es mit gesenktem Kopf auf den Radweg.

Natürlich kommt der Wind wieder von vorn, genau wie auf der Herfahrt schon. Sie fummelt das Handy aus der Brusttasche ihres Parkas, aktiviert es und ruft ihre Tochter an. „Rieke? Ja, ich bin's. Ich bin fertig, ich komm jetzt, mein Schatz. 20 Minuten … okay, mach mir das Außenlicht an, ja? Bis gleich. Und vergiss das Zähneputzen nicht …"

Sie schiebt das Rad auf die Straße, doch sie ist noch nicht bereit für den Start. Etwas nagt an ihr. Etwas bohrt, fühlt sich spitz und sperrig an. Aber was?

Sie schüttelt den Kopf und steigt auf. Bei diesem Wetter ist das Fahrradfahren wirklich kein Spaß, doch aus Erfahrung weiß sie, dass es ihr in jeder Lebens- und Wetterlage beim Denken hilft. Die Kapuze schränkt ihre Sicht ein, doch als sie die Innenstadt verlassen hat und dem Fahrradweg neben der Straße folgt, kann sie sich ihren Gedanken überlassen:

Eigentlich war das der perfekte Gruppenabend heute. Sie hatte gehofft, dass sich endlich ein weiteres Gruppenmitglied outen würde, lange genug hat sie schließlich darauf hingearbeitet. Und sie hatte es im Urin, dass es Jana sein würde! Diese Jana ist leicht zu durchschauen. Die ist inwendig so zart, so gutgläubig - ja, naiv - für jemanden mit ihrer, Veras Ausbildung und Erfahrung, wirklich leicht zu durchschauen. Und zu manipulieren. Obwohl sie sich natürlich gerade in solchen Situationen nur allzu gut an die Worte ihres Profs erinnert: ‚Hüten Sie sich davor, missionieren oder gar manipulieren zu wollen!' Hahaha - aber so eine Chance wie heute Abend kriegt man nicht alle Tage, da muss man doch zugreifen!

So eine Aufstellung hat ihr in ihrer Vita noch gefehlt. Noch heute Abend wird sie sie ausfeilen und -formulieren. Damit ist sie einen ganzen Schritt weiter. Also, so gesehen war doch der Abend ein voller Erfolg - was also piekt denn da noch?

Mit zusammengebissenen Zähnen und angespannten Muskeln tritt sie in die Pedale. Der Regen ist heftiger geworden, er peitscht ihr ins Gesicht und lässt die Straßenlaternen, die ihr als einziges noch als Orientierungshilfe dienen, in bizarren Lichtkaskaden explodieren. ‚Du hast es gelernt', denkt sie, ‚du weißt, wie es geht, also spür dem nach und komm ihm auf den Grund: Was piekt da?'

In Gedanken kehrt sie zurück in den Gruppenraum. Sie sieht sie ankommen, einen nach dem anderen, sieht, wie sich ihre Köpfe über das Blitzlicht beugen, wie sie es zaghaft lächelnd weiterreichen. Schon daran, wie Jana den Stift hielt, hat sie erkannt, dass sie heute dran sein würde. Schon während sie beobachtete, wie Jana mit hektischen roten Flecken auf den Wangen und krampfhaft umklammertem Stift ihre Eintragungen machte und diesen verräterischen, nur wenige Sekunden zu lang dauernden Moment über der Spalte „das ist mir … wichtig" verharrte, hat sie sich innerlich die Hände gerieben und gewusst, dass dieser Abend ein Erfolg werden würde.

Vor ihrem geistigen Auge sieht sie sie dort sitzen: Direkt links neben ihr Katharina-Kuli, eine liebe Frau, eine beladene Frau, und dabei so zart, so fein, so weich. Immer wieder erinnert sie sie an ihre eigene Großmutter, die hatte genau solch zarte Hände, so schmal und feingliedrig - Hände, an denen jeder noch so klobige Ring zum Kleinod wird. Und dieses Lächeln … es gibt ihr etwas Mädchenhaftes, etwas Verschmitztes und Schalkhaftes, auch wenn es ihr selbst wahrscheinlich gar nicht bewusst ist. Ja, Katharina-Kuli … ich glaube ganz fest, dass dir das Reden helfen wird … und die Entspannung lernst du auch noch, das versprech ich dir.

Neben Katharina sitzt Renate. Renate-Regen. Hmm, das ist eine harte Nuss, denkt Vera und wischt sich den Regen aus den Augen. Die steht mit beiden Beinen auf der Erde, die lässt sich so schnell kein X für ein U vormachen. Andererseits ist sie total verkrampft. Sie braucht Hilfe, klar, sie sucht Hilfe - aber wenn sie ihr geboten wird, schreckt sie erstmal zurück, tut sich schwer damit, sie anzunehmen. Aber du bist kein hoffnungsloser Fall, Renate … früher oder später kriegen wir dich, wart's nur ab. Und trotz des Wetters verzieht ein klitzekleines Lächeln ihren Mund, und grinsend leckt sie mit der Zunge die Tropfen auf.

Weiter im Text. Links von Renate-Regen sitzt Magda-Mausezahn. ‚Mausezahn' passt zu ihr nun wirklich wie die Faust aufs Auge, denkt Vera und muss sich eingestehen, dass sie Magda immer noch nicht wirklich einschätzen kann. Einerseits sitzt sie jedes Mal in derselben Haltung da: Den Rücken fest an die Lehne gedrückt, die Beine übereinander geschlagen, die Hände locker im Schoß zusammengelegt. Den Kopf hält sie, je nachdem, wem sie ihre Aufmerksamkeit gerade widmet, leicht geneigt, der Gesichtsausdruck signalisiert stets volle Aufmerksamkeit. Die Frau kann zuhören, denkt Vera, und nicht nur das. Sie urteilt auch. Oder nicht? Wenn die sich nicht in diesen pechrabenschwarzen Mantel aus abgrundtiefer, materialisierter Trauer gehüllt hätte, würde ich die einfach nur als arrogant empfinden, als total arrogant und unnahbar. Nun gut, sie hält sich zurück. Sie hält hinter dem Berg mit ... Ja, womit? Obwohl sich Magda heute Abend nun wirklich entblößt hat, passt sie immer noch in keine von Veras Schubladen. Ja, entblößt hat sie sich, so wie die geheult hat ... Das lag natürlich an der Rolle, die Jana ihr bei dieser Aufstellung zugedacht hat. Das war nun wirklich eine echte Härte. Hätte ich eigentlich abpuffern müssen, denkt Vera, muss sich aber gleichzeitig eingestehen, dass sie es spannend fand, gerade diese Magda ein bisschen auflaufen zu lassen. Es war spannend zu sehen, zu hören, zu erleben, wie die Gruppenmitglieder diese Aufstellung deuteten, wie sie die Auflösung Stück für Stück erarbeiteten - und wie sie letztendlich ihre Erkenntnisse, ihre Einsichten und vielleicht sogar ihren Trost daraus mit nach Hause nahmen.

Ja, Trost. Und wo ist mein Trost?, denkt Vera und hält an. Ihre Finger sind inzwischen gefühllos, trotzdem finden sie in der Innentasche ihres Parkas das dringend benötigte Taschentuch. Sie trocknet die Augen und putzt sich geräuschvoll die Nase.

Als ihr Blick auf das zerknüllte Taschentuch in ihrer Hand fällt, sieht sie Norbert vor sich, Norbert-Nordpol. Schwieriger Fall, dieser Mann, ganz schwierig. Wenn der sich tatsächlich mal outen will, müssen wir eine Doppelsitzung einplanen. Die Vorstellung, Norbert lauschen zu sollen, während der seine Lebensgeschichte erzählt, lässt sie erschauern, denn ganz tief im Innersten weiß sie, dass sie Norbert und dem, was er mit sich herumschleppt, nicht gewachsen ist. Der Mann ist eine wandelnde Zeitbombe, denkt sie, die hoffentlich nicht gerade in meinem Kurs hochgeht. Soviel Berufserfahrung hat sie inzwischen, als das sie abschätzen kann, an welchen Fall sie sich herantrauen kann und welchen sie lieber abgeben sollte. Und Norbert könnte einer sein, den sie lieber abgeben sollte.

Sie steigt wieder auf und stemmt sich gegen den Wind, wobei die klitschnasse Jeans sich kalt und straff über ihre Knie zieht. Sie flucht zwischen zusammengebissenen Zähnen, manchmal könnte sie ihre Überzeugungen glatt über Bord werfen und sich ein Auto wünschen.

Während ihre Füße mechanisch in die Pedale treten, kehren ihre Gedanken auf der Suche nach dem, was da an ihr nagt, in den Kreis der Gruppe zurück.

Neben Norbert-Nordpol lümmelt sich Holger-Hotzenplotz auf seinen Stuhl. Der Mann wäre gar nicht so übel, wenn er ein paar Kilo abspecken würde. Stattdessen räkelt er sich da herum und präsentiert seinen Bauch, als sei das sein ganzer Stolz. Fehlt nur noch, dass er sich drauf klopft und sagt ‚hat alles mein Geld gekostet‘, so wie ihr Lieblingsonkel es immer tat, wenn sie sich als Kind über seinen Kugelbauch lustig machte. Was Holger in der Gruppe will, ist ihr nicht ganz klar. Der Mann hat eindeutig kein Problem, das er zu bearbeiten gedenkt, das sagt ihr ihr Instinkt. Manchmal könnte sie sich vorstellen, sich nach dem Gruppenabend auch mal privat auf ein Bierchen mit ihm zu treffen, doch dann wieder hat sie das eindeutige Gefühl, es schlicht und einfach mit einem Voyeur zu tun zu haben. Sie nimmt sich vor, Holger gegenüber vorsichtig zu sein.

Neben dem massigen Holger-Hotzenplotz wirkt die kleine Maria doppelt zart. Sie ist so klein, dass sie jedes Mal auf ihren Stuhl rutschen muss und dann mit den Beinen baumelt, weil die Füße nicht mehr auf den Boden reichen. Auf den ersten Blick sieht man, dass und welche Wunden ihr das Leben geschlagen hat, und trotzdem weicht das Lächeln nicht aus ihrem Gesicht. Anfangs hat sie gedacht, das sei eine Maske, eine Art Selbstschutz, hinter dem sie ihr wahres Ich zu verbergen sucht, doch mittlerweile hat sie erkannt, dass es die reine Menschenliebe ist, die da aus Marias Augen leuchtet. Die ruht in sich selbst, denkt Vera. Die durchschaut uns alle, die weiß. Und trotzdem hab ich nicht das Gefühl, dass ich mich vor ihr hüten müsste. Weil sie eine Wissende ist. Und weil sie eine Liebende ist. Wie kann man wissend und liebend zugleich sein? Und doch spürt Vera plötzlich, dass es gerade Maria ist, die für den Stachel in ihrem Fleisch, für das, was da heute Abend piekt und nagt, verantwortlich ist. Wieso? Wieso Maria?

Ohne es zu merken, ist Vera in die Bremsen getreten. Ein Auto rauscht an ihr vorbei, die Spritzwasserfontäne klatscht knapp vor ihr auf den Radweg. Vera steht in der Dunkelheit, schließt die Augen und vergegenwärtigt sich die Situation. Sie sieht sich selbst dort sitzen, die Hände zusammengelegt auf den Schenkeln ruhend, wie sie in die Runde lächelt und betont lässig (sie hatte es zuhause geübt) die Frage stellt, wie die Gruppe gedenkt, ohne sie auszukommen.

Sie hatte mit Gejammer gerechnet, mit Bedenken und der vagen Bitte, diesen Zeitpunkt noch ein wenig hinauszuschieben, mindestens aber mit betretenem Schweigen. Stattdessen aber sagt ausgerechnet Maria: „Ich denke, deshalb sind wir hier." Und Magda fügte sofort hinzu: „Das ist es, was wir brauchen: Einen Weg, ein Ziel, einen Sieg." Und ihre Stimme hatte einen Klang, der die anderen sofort in ihren Bann zog, als ließe sie keinen Widerspruch zu.

Ja, das ist es. Das ist der Stachel in ihrem Fleisch. Sie hatte sich drauf eingestellt, noch einen Kurs dranhängen zu können, sie war sich sicher, dass die Krankenkasse mitspielen würde. Andernfalls hätte sie weitere zehn Sitzungen auf privater Basis angeboten, das wäre noch lukrativer gewesen. Und sie braucht das Geld, sie braucht es dringend. Als alleinerziehende Mutter einer frühreifen Tochter braucht man ein jedenfalls einigermaßen gesichertes Einkommen, doch als Maria und Magda ihre Überzeugung äußern, zukünftig auch ohne sie zurechtkommen zu können, sieht sie ihre Felle davon schwimmen, und es fühlt sich an wie die Demütigung einer Niederlage.

Maria und Magda also. Und jetzt empfindet sie es fast als Genugtuung, dass es ausgerechnet Magda war, die sich heute Abend seelisch entblößte. Sie weiß, dass ein solches Empfinden einer Therapeutin unwürdig ist, aber sie braucht diesen Trost jetzt. Ihr ist kalt, sie ist klatschnass - und einsam.

Sie lenkt das Fahrrad endlich in heimatliche Gefilde. Sie öffnet die Gartenpforte und schiebt es hinters Haus. Sie schiebt die Kapuze zurück, fährt sich mit der Hand über die tropfnasse Stirn und starrt in die Dunkelheit, die sich ihr trotz der von Rieke eingeschalteten Lampe lauernd entgegenreckt. Sie war sich so sicher gewesen. Sie hätte ihnen noch so viel zu bieten. Allein die Familienaufstellung nach Hellinger, die sie in Vorbereitung hat, wäre in dieser Gruppe der absolute Knaller gewesen ... und dann sind die plötzlich unisono der Meinung, dass sie ohne sie auskommen, ohne sie weitermachen können und sich selbst genug sind ...

Norbert

Als Norbert den Wagen auf dem Parkplatz hinterm Haus geparkt hat, lässt er die Hände vom Lenkrad gleiten und in den Schoß fallen. Erschöpft bleibt er sitzen. Er spürt die Schweißperlen unter der Nase, zerrt das Taschentuch hervor und wischt sie energisch ab. Leise stöhnend legt er den Kopf zurück, drückt ihn so fest gegen die Kopfstütze, dass es ihm in den Ohren dröhnt, und schließt die Augen. ‚Sie haben alle ihr Päckchen zu tragen‘, denkt er und reibt mit dem Daumen über die schmale Narbe an seinem Handgelenk. „Jede von ihnen ist auf ihre Art geprüft und verzweifelt. Aber sie alle erleiden tapfer ihr Schicksal, ihnen wurde Leid zugefügt ohne ihr Zutun, ohne ihre Schuld. Keine von ihnen hat Leiden verursacht, keine hat sich schuldig gemacht so wie ich ... Irgendwann muss ich es ihnen sagen‘, denkt er wieder, denkt es ganz ohne zu stottern, denkt es zum hundertsten Mal und spürt, wie es ihn in der Kehle würgt. ‚Irgendwann ...‘

Schwerfällig steigt er aus, verriegelt den Wagen und schleppt sich zur Haustür. Der Sensor reagiert prompt und lässt das Licht aufleuchten. Es hüllt den Vorplatz in grünliches Gelb, lässt seinen Schatten sowohl links als auch rechts von ihm in die Dunkelheit wachsen.

Einen Moment lang steht er still, starrt auf die schwarzen Silhouetten und denkt an Jana und die zwei Männer auf dem Steg. Ein leichter Schauder lässt ihn zusammenfahren, mit zittrigen Händen steckt er den Schlüssel ins Loch und drückt mit der Schulter die Tür auf. Sein Briefkasten begrüßt ihn mit gähnender Leere, und es dauert lange, bis der Fahrstuhl seinen Weg aus dem fünften Stock zu ihm ins Erdgeschoss gefunden hat.

Als er endlich die Wohnungstür hinter sich ins Schloss fallen und die kleine Lampe neben der Couch im Wohnzimmer aufflammen lässt, ist es mit seiner Selbstbeherrschung vorbei: Mit einem unterdrückten Wimmern lässt er sich vor dem Aquarium auf die Knie fallen, drückt Stirn und Hände gegen das kühle Glas und lauscht dem tröstlichen

Blubbern der aus der Sauerstoffpumpe aufsteigenden Luftblasen.

Nach einer kleinen Ewigkeit, während der er sich zwingt, ruhig in den Bauch hinein zu atmen, die Kiefergelenke zu lockern und die Schultern sinken zu lassen, steht er mühsam auf, schleppt sich zum Schreibtisch hinüber und fährt den Computer hoch. Er tippt das Passwort ein (erst vor zwei Wochen hat er es in „Magda" geändert) und öffnet das Schreibprogramm. Kraftlos liegen seine Hände auf der Tastatur, doch dann richtet er sich entschlossen auf und beginnt zu schreiben.

Maria

Maria sitzt auf ihrem mit dunkelbraunem Cord bezogenen Sofa, hält mit der gesunden linken die unbewegliche rechte Hand im Schoß und lässt den Blick im Raum umherwandern. Es ist spät geworden, die Heizung läuft längst im abgesenkten Nachtmodus, und ohne hinzusehen, greift sie nach der Fleecedecke von Lea und legt sie sich um die Schultern. „Wo bist du, Lieber?", flüstert sie tonlos. „Ich kann dich nicht sehen. Mein Gott, ich sehe dich nicht!" Panik ergreift sie, wie sie sie nie zuvor erlebt hat. Sie springt auf, reißt mit der Decke auf ihren Schultern die Schale mit den Nüssen vom Tisch und irrt vom Wohnzimmer über den Flur in die Küche und zurück in den Wintergarten. Mit klammen Fingern hält sie die Decke vor der Brust zusammen, während sie vor der Glastür zum Garten steht und verzweifelt versucht, in der Schwärze der Nacht etwas zu erkennen. „Wo bist du?", schreit es in ihr, doch als sie sich umdreht, sieht sie ihn ruhigen Schrittes über den Flur ins

Wohnzimmer gehen, folgt ihm eilig und lässt sich aufatmend zurück aufs Sofa fallen.

„Lieber, ich hab dich vermisst", flüstert sie und kühlt sich die Wange mit ihrer eiskalten Hand. „Ich hatte schon Angst, dass ..." Und trotz der Tränen, die jetzt drohen, ihren Blick zu verschleiern, beobachtet sie glücklich lächelnd, wie er in seinem Sessel Platz nimmt, zum Glas greift und es ihr auffordernd entgegenhält. „Prost!", flüstert sie, greift nach ihrem Wasserglas und hält es in die Höhe. „Auf dein Wohl, Lieber! Und darauf, dass wir uns nie verloren gehen ..."

Holger

‚Wo bin ich da bloß reingeraten', denkt Holger nicht zum ersten Mal, als er seinen Wagen startet, das Gaspedal durchtritt und mit aufheulendem Motor vom Parkplatz auf die Straße schießt. ‚Die sind doch nicht ganz dicht, diese Weiber!' Er schüttelt den Kopf, immer noch fassungslos über das, was ihm da gerade geboten wurde. Wie die sich da gegenüber standen! Wie die sich anstarrten! Und wie die geheult haben - Himmel, das war `ne Show! Nee, also wirklich, so was muss er nicht haben.

Wieder sieht er Jana da stehen, ‚auf dem Steg', wie sie sich einbildeten. Er schnaubt verächtlich. Klar, stellt euch doch ruhig auf den Steg, lasst doch ruhig das Wasser um euch rum plätschern - aber passt auf, dass ihr nicht reinfallt! Obwohl, wirklich schade wär's nicht um euch, ehrlich.

Wieder schüttelt er den Kopf, versucht, die Bilder loszuwerden, die sich ihm da auf die Netzhaut gebrannt haben. Wenn er es nicht selbst gesehen hätte, würde er's nicht glauben, wie die sich da gegenüber standen und innerhalb kürzester Zeit verwandelt haben, besonders diese Magda, die da den langen dünnen Kerl gemimt hat. ‚Einbildung macht stark', denkt er und grinst, und nie, niemals würde er zugeben, dass es ihm eine Gänsehaut über den Rücken jagte, wie Katharina diese bescheuerte Szene schließlich entschlüsselt und gedeutet hat. Das hatte was, doch, das muss er zugeben, das leuchtete selbst ihm ein. Obwohl - von diesem ganzen psychologischen Kram hält er nichts, nein, wirklich, absolut nichts.

Und dann dieser Psycho da rechts von ihm, der jedes Mal wie wild an seinen Manschetten rumzurrt, wenn er sich beobachtet fühlt. Und dieses ewige Wischen mit dem Taschentuch, die ganzen Mundwinkel hat er sich schon wund gerubbelt. Is ja eklig, der Typ.

Überhaupt hat er sich diese Gruppe ja nur ausgesucht, weil der Titel ‚Entspannung und Gespräch' eindeutig signalisierte, dass da überwiegend Weiber zu finden sind. Klar, welcher Mann hat schon das Bedürfnis, sich in einer Gruppe zu outen und sein Innerstes nach außen zu kehren? Lachhaft, einfach lachhaft. Und Holger lacht auch, laut lacht er, doch es hört sich irgendwie blechern an, muss wohl am Regen liegen, der aufs Wagendach prasselt. Aber es hätt ja auch klappen können, nicht? Es hätt ja auch sein können, dass da eine dabei gewesen wäre, die genau wie er einfach nur einen Abend mehr nicht zuhause vor der Glotze, sondern unter Menschen verbringen wollte. Hätt ja sein können. Diese Sibylle zum Beispiel, wie nannte die sich noch gleich? ‚Sybille-Sprotte'? Nee, aber irgendwas mit Fisch war es, da ist er sich sicher. Wie auch immer, die hätte man gut mal zu einem Bierchen und so weiter abschleppen können, das wär bestimmt nett gewesen, aber da ist ihm dieser Hormonprotz, dieser Rüdiger-irgendwas zuvorgekommen, Pech. Tja. Und diese Vera-Veritas, die ihm da immer so eindeutigvieldeutig zublinzelt, ist nun wirklich nicht sein Typ. Nee, also wirklich, so groß kann die Not gar nicht sein, als dass er die abschleppen würde …

„Weißt du was, Holger, mein Freund?", sagt er laut, lässt seine Pranke klatschend aufs Lenkrad niedersausen und schaltet das Radio ein. „Den Verein kannst du getrost knicken, die sollen mal schön ohne dich pyschologisieren …", und hämisch grinsend schiebt er seine Heavy-Metal-CD ein.

15. März

„Ihr Lieben, in zwei Wochen ist Ostern", sagt Vera-Veritas und schickt einen vielsagenden Blick in die Runde. „Das heißt, dass wir uns zwei Wochen lang nicht sehen und hören werden." Die Runde ist überschaubar geworden: Nur noch fünf Augenpaare erwidern ihren Blick.

‚Unser fünftes Treffen', denkt Renate-Regen und runzelt die Stirn, ‚und zack! ... da waren's nur noch fünf.' Auf Magda-Mausezahns Gesicht scheint sich ein Fragezeichen abzuzeichnen, als sie jetzt von Katharina-Kuli das Blitzlicht entgegennimmt.

Mehr oder weniger konzentriert macht sie ihre Eintragungen und reicht dann Block und Stift über einen leeren Stuhl hinweg weiter zu Maria-Mandarine. Maria ergreift den Stift mit der Linken, rückt mit dem angewinkelten rechten Arm den Block auf ihrem Schoß zurecht und füllt die Spalten eins bis drei zwar etwas krakelig, aber zügig aus. Bei Spalte Nr. 4, „Mein Thema heute ...", zögert sie einen winzigen Augenblick lang, macht dann entschlossen einen langen Strich, schreibt „dito" in Spalte Nr. 5 und 6 und legt den Block zusammen mit dem Stift der vor sich hin träumenden Jana-Jaguar auf die im Schoß gefalteten Hände. Auch Jana beeilt sich, die Spalten zu füllen, sieht dann fragend auf und hält Vera beides mit ausgestrecktem Arm entgegen. Magda täuscht sich nicht, als sie in dieser Geste sowohl Unsicherheit als auch Abwehr zu erkennen glaubt.

Vera räuspert sich. Ihr Gesicht ist ungewohnt ernst, als sie den Blick unter gesenkten Lidern auf die Mitte des Stuhlkreises richtet. Acht Stühle sind es nur noch, die den Kreis bilden, sechs davon nur besetzt. „Habt ihr etwas von Holger-Hotzenplotz gehört?", fragt Vera wenig hoffnungsvoll. Die fünf Frauen sehen sich an, schütteln die Köpfe und zucken die Schultern. Es ist nicht so, dass sie Holger vermissen, doch sie wüssten schon gern, wo er bleibt. „Gut", sagt Vera, doch es klingt nicht so. „Ich denke, dann können wir davon ausgehen, dass er heute nicht mehr kommt. Dann schließe ich jetzt die Tür und wir beginnen unsere Reise durch den Körper."

Eine knappe Viertelstunde später recken und strecken sich alle, die eine schnauft, die andere seufzt, aber alle haben wieder Glanz in den Augen und einen entspannten Zug um den Mund. Auch Vera hat wieder etwas Farbe im Gesicht, versucht sich an einem zuversichtlichen Lächeln und greift nach dem Blitzlicht.

„Dann wollen wir also mal schauen", sagt sie, sucht mit dem Stift die Spalten ab und sieht fragend auf. „Habt ihr euch abgesprochen?" Maria spürt das Bemühen, mit dem sie ein kleines Lachen in ihre Stimme zu zaubern versucht. „Keine von euch hat ein Thema? Nichts, was euch unter den Nägeln brennt?" Fünfstimmiges Schweigen antwortet ihr, und mit einem kleinen Ruck richtet sich Vera auf, schlägt die Beine übereinander und sagt: „Nun, ich vermute, dass es euch nicht anders gegangen ist als mir - ich habe noch viel und lange über unser letztes Treffen am vergangenen Montag nachgedacht. Doch wie ich dem Blitzlicht entnehme, fühlt sich keine von euch nachhaltig belastet? Jana, geht es dir gut?"

Jana nickt, erst zögernd, dann sehr energisch und erklärt mit ungewohnt kräftiger Stimme, dass sie zwar die Erkenntnisse aus der Aufstellung vom vorigen Montag noch nicht wirklich verarbeitet habe, dass ihr der Umgang damit aber erstaunlich leicht falle und dieser schreckliche Alptraum sie seitdem noch nicht wieder heimgesucht habe. Sie strahlt, und mit einem begeisterten „Wow!" streckt Renate den Siegesdaumen in die Höhe.

„Wie geht es euch beiden, Maria und Magda? Ich hoffe, dieser inhaltsreiche Abend hat keine bleibenden Schäden hinterlassen?" Maria schüttelt verhalten lächelnd den Kopf. Magda stutzt, sie empfindet Vera gerade als wenig empathisch. „Ich war wirklich sehr aufgewühlt", gibt sie zu, „das stimmt. Aber je länger ich drüber nachdachte und mir Katharinas überzeugende Schlussfolgerungen vor Augen führte, desto besser konnte ich damit umgehen."

„Aber ich hätte noch eine für mich sehr wichtige Frage an Jana. Darf ich?" Sie sieht erst zu Jana hinüber, dann zu Vera, und als beide zustimmend nicken, fragt sie: „Hat deine Mutter sich eigentlich wirklich so sang- und klanglos zurückgezogen und dich deinem Vater überlassen? Oder andersherum gefragt: Hast du selbst nie, als du dann älter wurdest und eigene Entscheidungen treffen konntest, den Kontakt zu ihr gesucht?"

Nun zerrt Jana doch wieder das große Herrentaschentuch aus der Tasche, breitet es über ihrem Faltenrock aus und streicht es sorgsam glatt.

„Meine Tante hat mir geholfen, sie ausfindig zu machen", erklärt sie mit niedergeschlagenen Augen. „Die kleine Schwester meines Vaters, die daraufhin ebenfalls in Ungnade fiel und Hausverbot erhielt. Aber ich traf mich heimlich mit ihr, und gemeinsam haben wir meiner Mutter einen Brief geschrieben und sie gebeten, mich bei meiner Tante anzurufen.

In diesem Telefonat - es fand statt, als ich ungefähr zehn Jahre alt war, also mindestens zwei Jahre nach ihrem Verschwinden - konnte ich sie vor lauter Schluchzen kaum verstehen. Ich weiß nicht, wer von uns beiden mehr weinte, sie oder ich. Jedenfalls erzählte sie mir, dass sie in all den Monaten immer wieder versucht habe, mich anzurufen, dass sie mir unzählige Briefe geschrieben und einmal sogar versucht habe, mich beim Nachhausekommen abzufangen, aber mein Vater hatte alle Versuche unterbunden und vereitelt, und mittlerweile war sie zu der Überzeugung gekommen, dass es mir wohl besser ginge, wenn sie sich wirklich aus meinem Leben zurückziehen und mich zur Ruhe kommen lassen würde. -

Erst Jahre später habe ich in den Unterlagen meines Vaters die Scheidungspapiere und die Sorgerechtsverfügung gefunden: Sie hatten das gemeinsame Sorgerecht für mich, stellt euch das vor! Indem er meiner Mutter den Kontakt zu mir verweigerte, hat er sich all die Jahre strafbar gemacht - und sie hat es hingenommen."

Das Schweigen im Raum brodelt. Bevor es explodieren kann, fährt Jana fort: „Als ich sechzehn war, fuhr ich nach Essen. Mit Unterstützung meiner Tante natürlich, denn allein hätte ich das nie hingekriegt, dazu war ich viel zu unselbständig. Mit dem Bus fuhr ich vom Bahnhof in die Nähe ihrer Wohnung und fragte mich dann durch zu ihrem Haus. Ich bezog Posten auf der anderen Straßenseite - ich hatte den Nachtzug genommen und stand morgens um halbsieben dort! - und wartete, dass sie herauskommen sollte. Ich war schrecklich aufgeregt, ich fürchtete, sie gar nicht zu erkennen nach all den Jahren, und ich wusste nicht, was ich sagen sollte, wenn ich sie tatsächlich erkannte. Und während ich da noch von einem Fuß auf den anderen trat, öffnete sich da drüben die Haustür, und eine kleine, dickliche Frau mit rot gefärbten Haaren in weit schwingendem Leinenkleid erschien auf der Treppe, warf sich eine Handtasche über die Schulter und wollte gerade losrennen, als sich im Parterre ein Fenster öffnete und eine andere Frau, eine mit kurzem, blonden Haar und, wie mir schien, riesengroßen Händen, ihr hinterher rief und etwas aus dem Fenster reichte. Die kleine Frau - meine Mutter natürlich - lief zurück, nahm das Päckchen entgegen und schickte der blonden Frau am Fenster eine Kusshand hinauf, dann lief sie zur Bushaltestelle.

Ich folgte ihr, und im Bus stand ich direkt hinter ihr. Ich war soviel größer als sie, dass ich ihr auf den schon grau schimmernden Scheitel sehen konnte. Ich hielt mich an derselben Stange fest wie sie. Ich roch ihren Duft - es war immer noch derselbe, den ich aus meiner Kindheit erinnerte, und mir wurde ganz schwindelig dabei, ich hatte Angst, gleich ohnmächtig zu werden. Sie unterhielt sich mit einer anderen Frau, die sich ebenfalls an unserer Stange festhielt. Ich verstand kein Wort von dem, was sie sagte. Der Klang ihrer Stimme war mir fremd, sie hatte einen Tonfall, an den ich mich nicht erinnern konnte, vermutlich hatte sie sich den Essener Slang angeeignet, und ihr Lachen klang schrill und aufgesetzt in meinen Ohren.

Ich war ein Landei, ich war schüchtern und verängstigt, und diese Frau, die sich da so selbstverständlich und hoch erhobenen Hauptes durch den Berufsverkehr bewegte, war mir so fremd, so unbschreiblich fremd. Ich weiß nicht, womit ich gerechnet hatte, wahrscheinlich hatte ich mir ein tränenreiches, glückstrahlendes Wiedersehen ausgemalt, doch dort im Bus stand ich mit Bleifüßen und einem Kloß im Hals, der mich würgte und mir die Luft abschnürte, hinter meiner Mutter, die mich keines Blickes würdigte, geschweige denn erkannte. ‚Die Stimme des Blutes‘, auf deren Aufschrei ich wohl gehofft hatte, blieb stumm - und das tat weh, schrecklich weh.

Der langen Rede kurzer Sinn: Ich habe sie nicht angesprochen. Ich habe mich nicht getraut, und sie hat nie erfahren, dass ich eine Busfahrt lang zwanzig Zentimeter hinter ihr stand.“

Erschöpft faltet Jana das Taschentuch auf ihrem Schoß zusammen. Sie hat wieder die hektischen roten Flecken auf den Wangen, atmet aber ruhig und regelmäßig, und als sie jetzt den Blick hebt und lächelt, wirft sie die Löckchen aus der Stirn und sagt: „Tja, das war mein Essener Abenteuer! Nicht sehr spektakulär, aber wichtig für mein Seelenleben.“

„Weil du danach zur Ruhe gekommen bist?“, fragt Maria hoffnungsvoll, und Jana nickt. „Ja, irgendwie schon. Je länger dieser Morgen zurücklag, desto besser konnte ich ihn als Abschluss betrachten, als etwas, auf das ich nicht mehr warten musste ...“, sagt sie, und Magda spürt die bodenlose Trauer, die sich in diesen Worten verbirgt.

Nach einem intensiven Moment des Schweigens bedankt Vera sich bei Jana und wendet sich Magda zu. „Ich denke, deine Frage ist damit ausreichend beantwortet?“ Magda bestätigt das, bedankt sich ebenfalls bei Jana, hebt aber die Hand zum Zeichen, dass sie noch etwas anmerken möchte.

„Lasst mich nur bitte dies noch schnell zu unserem letzten Abend mit der Aufstellung sagen: Denn was mich daran auch noch nachhaltig beschäftigt hat, ist die unglaubliche

Manipulationskraft, dieser Sog, der sich während der Aufstellung entwickelte und verselbständigte, und ich könnte mir vorstellen, dass das nicht immer und für jeden so glimpflich abgeht wie für uns?"

Man sieht es Vera an, dass sie über diese letzte Bemerkung nicht glücklich ist. Kurz presst sie die Zähne aufeinander, dann erwidert sie ein wenig zu heftig: „Natürlich verlangt so eine Aufstellung einen seriösen Therapeuten ...", und etwas leiser und fast trotzig fügt sie hinzu: „... und irgendwann muss schließlich jeder mal damit beginnen."

Außer bei Magda scheinen ihre letzen Worte bei niemandem aus der Gruppe Stirnrunzeln auszulösen, und so setzt sie sich schnell darüber hinweg, indem sie bedeutungsvoll mit einem zusammengefalteten Blatt Papier wedelt, das sie ihrer Jackentasche entnommen hat.

„Gut, dann lasst uns doch bitte fortfahren", sagt sie. „Es trifft sich gut, dass keine von euch ein Thema hat für den heutigen Abend, denn ich bin beauftragt, euch einen Brief vorzulesen - einen Abschiedsbrief, wenn ihr so wollt." Sie entfaltet den eng bedruckten Bogen, lässt die Hand sinken und sieht auf. „Es ist ein Brief von Norbert, der mich heute morgen erreichte und in dem er mich bittet, ihn euch vorzulesen, was ich gern tun will. Ich wusste also, dass Norbert heute Abend nicht dabei sein würde, doch habe ich, wie ihr gesehen habt, trotzdem einen Stuhl für ihn dazu gestellt, denn dieser Abend wird sein Abend werden. - Seid ihr bereit?" Und nachdem sie sich mit einem schnellen Blick der Zustimmung aller versichert hat, beginnt sie zu lesen:

„Liebe Vera, liebe Katharina, Renate, Maria, Jana und Magda; hallo Holger!

Eigentlich hatte ich von Anfang an Zweifel daran, ob ich in eurer Runde richtig und willkommen war, ob ich überhaupt das Recht hatte, mich euch zugehörig zu fühlen. Nach unserer letzten Sitzung vom vergangenen Montag endlich musste ich mir eingestehen, dass ich dieses Recht nicht habe, dass ich mich nicht zwischen euch verstecken darf, sondern stehen muss zu dem, was ich bin und was ich getan habe."

Vera macht eine Pause, hebt den Blick und begegnet fünf Paar weit geöffneten Augen, die gespannt unter gerunzelten Stirnen hervor auf das Blatt Papier in ihrer Hand blicken.

„Die vier Abende, die ich inzwischen mit euch verbringen durfte, haben mir gezeigt, dass ihr alle unverschuldetes Leid zu tragen habt, dass ihr Lösungen für Probleme sucht, die euch aufgezwungen wurden und dass ihr tapfer kämpft, um das euch auferlegte Schicksal zu meistern." An dieser Stelle unterbricht ein Schnaufen Veras Vortrag, Renate verschränkt die Arme vor der Brust und streckt die gekreuzten Beine von sich.

„Ich dagegen habe das Leid, das ich trage, selbst verschuldet, denn - ich bin ein Mörder."

„Um Gottes willen!" Entsetzt schlägt Maria sich die Hand vor den Mund, Jana fährt von ihrem Stuhl hoch und Renate zieht blitzartig die ausgestreckten Beine wieder ein. Magda starrt Vera mit offenem Mund, aber völlig sprachlos an, während Katharina den Kopf so langsam umwendet, als habe sie Mühe, das soeben Gehörte zu verstehen. Ohne auf das Entsetzen der Gruppe zu reagieren, fährt Vera fort:

„Durch Unachtsamkeit, Gleichgültigkeit, Unwissen und Feigheit habe ich vielfaches Leben zerstört und große Schuld auf mich geladen. Im Gegensatz zu euch habe ich Leid verschuldet - und das Schlimmste ist, dass ich nicht imstande war, es zu sühnen. Ich habe es mehrfach versucht, aber selbst das ist mir nicht gelungen."

„Heißt das, er hat versucht sich ...?", flüstert Jana, den Oberkörper fragend vorgeneigt und die Hände im Schoß verschlungen. Vera hebt den Blick nicht, mit leiser Stimme fährt sie fort zu lesen:

„Ich habe der Rauchschwalbe im Schuppen meiner Eltern fünf Eier aus dem Nest genommen in der Überzeugung, dass die Schwalbenmutter das Gelege aufgegeben hatte. Erst jetzt habe ich erfahren, dass so ein Verhalten bei Schwalben nicht unüblich ist, dass sie immer nur kurz und hauptsächlich nachts die Eier bebrüten. Das arme Tier musste also neue Eier legen, aus denen dann fünf junge Schwalben schlüpften, doch das erste Gelege hatte ich zerstört - ich habe fünf werdende Leben vernichtet. - Ich habe Schuld auf mich geladen.

Ich habe einen jungen Spatz, der am Straßenrand hockte, nicht in Sicherheit gebracht, weil ich es eilig hatte und dachte, irgendjemand werde sich schon kümmern. Im Rückspiegel sah ich, wie der Luftzug der vorbeirauschenden Autos den kleinen Federball durch die Luft wirbelte, und als ich eine Stunde später zurückkam, war da nur noch ein federbesetzter Fleck auf der Fahrbahn. - Ich habe Schuld auf mich geladen.

Ich wollte meinen Eltern behilflich sein und sammelte die Schnecken aus ihrem Garten. Ich fand mich sehr edel, weil ich vorhatte, sie am Feldrand wieder auszusetzen statt sie zu töten, und ich füllte eine große Blechdose mit Schnecken aller Art, mit und ohne Gehäuse, braun, gelb, rot und schwarz, die Dose wurde sehr voll und sehr schwer. Und dann vergaß ich sie, stundenlang stand sie in der prallen Sonne, und als ich mich ihrer wieder erinnerte, war aus den

Schnecken eine breiige, schleimige Masse geworden. - Ich habe Schuld auf mich geladen.

Ich habe einem Fasanenmann, der am Straßenrand um seine überfahrene Partnerin trauerte ..."

„Schluss!" Der heisere Schrei lässt Vera jäh verstummen. Hoch aufgerichtet sitzt Jana da, hat hektische rote Flecken auf den Wangen und knüllt ein Taschentuch in den Händen. „Schluss", wiederholt sie, und es klingt fast drohend. „Ich kann es nicht mehr ertragen."

Katharina steht auf und öffnet ein Fenster. Langsam dreht sie sich um, steckt die Hände tief in die Taschen ihrer Strickjacke und fragt: „Was will er eigentlich von uns? Sollen wir ihm Absolution erteilen? Ist er masochistisch? Ich verstehe das nicht ...." Und nachdem auch Magda und Renate ihr Unverständnis kundgetan und um Aufklärung gebeten haben, erklärt Vera sich bereit, den Rest von Norberts Selbstanklagen zu überschlagen und zum Schluss des Briefes zu kommen:

„Ihr seht, ich bin ein Mörder. Ich habe Schuld auf mich geladen, große Schuld. Und dazu muss ich mich endlich bekennen. Ich darf mich nicht mehr zwischen euch verstecken und so tun, als leide ich wie ihr an einem Leid, das mir zugefügt wurde. Ich habe Leid zugefügt, ich selbst habe Leid verursacht! Und es ist nur gerecht, dass ich nun, da es sich keine Sekunde länger mehr verdrängen lässt, an dieser Erkenntnis leide. „Entspannung" im Sinne von „Erlösung" kann es für mich nicht geben. - Ich danke euch für das Gefühl der Zugehörigkeit, das ihr mir vermittelt habt. Ich wünsche euch alles nur erdenklich Gute und ein glückliches Leben in Gesundheit und Frieden. Euer Norbert."

Schweigend sitzen sie da. Nur das Rascheln des Papiers ist zu hören, als Vera es langsam wieder zusammenfaltet.

Nach und nach heben sie alle den Blick, sehen sich an, ratlos und bedrückt. Magda versucht, etwas zu sagen, schließt den Mund aber wieder und winkt kopfschüttelnd ab. Mit gerunzelter Stirn starrt sie auf Norberts Brief in Veras Hand und versucht es noch einmal. Sie räuspert sich. „Ich glaube, damit sind wir überfordert." Ihre Stimme ist heiser. „Das ist kein Fall für eine Selbsthilfegruppe wie unsere - oder?" Gespannt sehen alle zu Vera hinüber, die sich gerade erhebt, um das Fenster wieder zu schließen. Sie kehrt zu ihrem Stuhl zurück, stützt sich auf der Rückenlehne ab und sieht jeder der fünf Frauen fest in die Augen.

„Nein", sagt sie, „Magda, du hast Recht: Das ist kein Fall für eine Selbsthilfegruppe wie diese. Die Liste von Norberts Selbstanklagen ist lang und bizarr, und mir war sehr schnell klar, dass er in professionelle Behandlung gehört. Ich gebe zu, ich habe kurz überlegt, ob ich das vielleicht selbst übernehmen solle, da Norbert mich ja kennt und mir vertraut, doch dann rief ich ihn an, und dieses Telefongespräch, das übrigens länger als eineinhalb Stunden dauerte und in dem er mir schließlich seine verschiedenen Selbstmordversuche schilderte, ließ mich erkennen, dass Norbert in die Hände eines erfahrenen Psychiaters gehört. Und ich freue mich, euch mitteilen zu können, dass es mir gelungen ist, ihn von dieser Notwendigkeit zu überzeugen. Heute mittag habe ich ihn begleitet, als er sich selbst in die Psychiatrie eingewiesen hat. - Norbert wird also in diese Gruppe nicht zurückkehren."

„Genauso wenig wie Holger", ergänzt Maria mit einer Bestimmtheit, die keinen Zweifel aufkommen lässt. „Da waren's nur noch fünf ...", sagt Renate, verschränkt die Arme vor der Brust und streckt die Beine weit von sich.

Maria

Mutlos wie selten lässt Maria den Haustürschlüssel in die Schale auf dem Schränkchen fallen. Sie schlüpft aus den Schuhen, schiebt sie unter das Bord und geht in die Küche, um sich ein Glas Wasser zu holen. Mit einem Blick über die Schulter seufzt sie auf, schüttelt leise den Kopf und sagt: „Ach, Lieber, es ist so traurig ... wir konnten ihm nicht helfen."

Mit dem Glas in der Hand geht sie ins Wohnzimmer, hüllt sich in die warme Decke von Lea und lächelt ihm über den Tisch hinweg zu. „Wir haben es gewusst, ja - aber weh tut es trotzdem." Gedankenverloren spielt sie mit den Fransen der Decke, nippt an ihrem Glas und schüttelt resigniert den Kopf. „Ich hätte nicht gedacht, dass es ihn so hart getroffen hat, Lieber", flüstert sie. „Er hat das Elend der Welt auf seine Schultern geladen. Möge es ihm gelingen, es nach und nach abzulegen ..." Als er nicht antwortet, legt sie den Kopf auf die Rückenlehne, schließt die Augen und atmet tief durch. „Hilf ihm, wenn du kannst", flüstert sie, und ihre Stimme scheint von der eigenen Müdigkeit verschluckt zu werden.

Magda

Einen Moment lang bleibt Magda, die Klinke in der Hand, in der offenen Wohnungstür stehen. Wie immer hat sie die Beleuchtung der Dunstabzugshaube in der Küche brennen lassen, damit sie nicht in diese stockfinsteren Räume zurückkehren muss, und gerade war es ihr, als habe sie das Klappern von Geschirr gehört. Freude durchzuckt sie wie ein Aufschrei, doch während sie noch regungslos verharrt und lauscht, verebbt das Gefühl und zurück bleibt die doppelte Leere. Doppelte Leere - gibt es das? Sie wirft Tasche, Schlüssel und Jacke auf den Stuhl, und während sie noch über die Worte nachgrübelt, die ihr da eben durch den Kopf schossen, nimmt sie auch den Geruch wahr. Ihren Geruch. Ein Gemisch aus Seife, Wolle, Orange und Kaffee. Der Duft von ... Gemütlichkeit, Wärme und Geborgenheit. Und doch fehlt ihm etwas, diesem Duft. Sein Rasierwasser fehlt, und es fehlt schon so lange.

Ein Glas Riesling balancierend kuschelt sie sich in die Sofaecke, zieht einen Fuß hinauf und nippt am Wein. Immer noch lauscht sie, als könne sie damit die ersehnten Geräusche Wirklichkeit werden lassen. Sie versucht sich vorzustellen, dass er nebenan im Arbeitszimmer sitzt: Malte, hochaufgerichtet und konzentriert vor dem Computer, wie er sich aufstöhnend die kurzen blonden Haare rauft und zusammenfährt, als sie beginnt, ihm die verspannten Schultern zu massieren .... Wie oft war sie bereits vorm Fernseher eingeschlafen, während er noch arbeitete, wie viele Abende hat sie allein hier im Wohnzimmer auf dem Sofa verbracht, die Füße hochgezogen und ein Glas Wein in der Hand, so wie jetzt - doch hatte allein das Wissen darum, dass er im Zimmer nebenan saß, dass sie nur aufzustehen und ihre Arme um ihn zu schlingen brauchte, um seine Nähe zu spüren, genügt, diese Wohnung mit Leben zu füllen. Jetzt ist es kalt hier, und jeden Tag scheint es kälter zu werden.

Maunzend und schnurrend springt Baucis zu ihr aufs Sofa, schmiegt ihren warmen, weichen Kopf in ihre Hand und beginnt, ihr hingebungsvoll die kalten Hände zu lecken. Mit einem schweren Plumps gesellt sich Philemon zu ihnen, drängt sich fordernd unter ihrem Arm hindurch und rollt sich auf ihrem Schoß zusammen. Als sie seine Wärme spürt, die

Vibration des Schnurrens ihrer beiden alten Katzen, schließt sie die Augen und genießt dankbar die Zärtlichkeit, mit der sie sie überschütten, wann immer sie spüren, dass sie sie braucht.

Wieder lächelt sie in Erinnerung daran, dass sie die beiden schon als verspielte Wollknäule im Alter von sechs Wochen mit den Namen dieses sagenhaften alten Paares ausstatteten, beseelt von der Überzeugung, dass nomen eben omen ist und von dem Wunsch, dass sie mit und bei ihnen alt werden möchten. Inzwischen sind sechzehn Jahre vergangen, und die beiden sind nicht nur in ihre Namen hineingewachsen, sie machen ihnen auch alle Ehre.

Vorsichtig schiebt sie Philli jetzt von ihrem Schoß, geht zum CD-Player und schaltet ihn ein. Tschaikowskys Klavierkonzert Nr. 1 liegt noch abspielbereit da - nein danke, dieser Dramatik ist sie heute nicht gewachsen. Sie greift zu Jack Johnson, stellt ihn leise und kehrt zurück auf ihr Sofa. Ihre Gedanken wandern zurück zur heutigen Sitzung, zu dem, was Vera ihnen über Norbert eröffnet hat. ‚Armer Kerl‘, denkt sie, doch sie denkt es mehr oder weniger pflichtbewusst, denn eigentlich spürt sie eher Erleichterung darüber, dass Norbert in Zukunft nicht mehr neben ihr sitzen und ihre Tasche mit Zettelchen füllen wird. ‚Wenn es nicht so traurig wäre, könnte man sich totlachen‘, denkt sie und sieht sie wieder vor sich, die krakeligen Botschaften, die anfangs anonym und schüchtern, mit der Zeit aber mutiger und gezeichnet mit einem kräftigen „N." ihren Weg in ihre Jackentasche fanden.

„Ich mag dich", stand auf dem ersten, über dessen Herkunft sie so lange rätselte, bis sie am nächsten Montagabend die zweite bekam. Als sie in ihrer Tasche nach dem Schlüssel gesucht hatte, hielt sie das zusammengefaltete Stück Papier plötzlich in der Hand. Von nun an hatte sie jedes Mal am Montag, abends nach den Gruppentreffen, diese kleinen Botschaften in ihrer linken Manteltasche gefunden, und schnell war ihr klar geworden, wer der Verfasser war: „N." wie Norbert. Norbert-Nordpol, der sie nicht ansehen, geschweige denn mit ihr reden konnte, hatte ihr auf diesem Wege seine Zuneigung gezeigt. „Du bist so schön, aber viel zu traurig", hatte die letzte Botschaft gelautet, und sie hatte sie zusammengeknüllt, in den Mülleimer geworfen und beschlossen, ihn beim nächsten Mal zur Rede zu stellen.

Dazu ist es jetzt nicht mehr gekommen. ‚Wahrscheinlich ein Glück', denkt sie und malt sich aus, wie sie diesen menschenscheuen, depressiven Mann kühl und knapp aufgefordert hätte, sie in Zukunft mit solchen Kindereien zu verschonen. Dann hätte sie sich jetzt, da Norbert die Gruppe verlassen und sich in psychotherapeutische Behandlung begeben hat, ganz sicher Vorwürfe gemacht. Natürlich hätte sie das. Selbstvorwürfe und Schuldgefühle sind doch ihre Spezialität. Warum nicht also auch noch Norbert gegenüber?

Sie nimmt die Brille ab und legt sie auf den Tisch. Mit den Fingerspitzen massiert sie beide Ohren, drückt und zieht an ihnen herum. „Nein!", stöhnt sie, „nicht schon wieder ..." Dann steht sie auf, geht ins Badezimmer und schluckt ihre Tabletten. Sie leert ihr Weinglas, stellt es in die Spüle und löscht das Licht.

22. März

Renate, Maria und Magda treffen gleichzeitig ein, prallen in der Tür zum Gruppenraum jedoch mit Katharina zusammen, die abrupt stehen geblieben ist und sich schweigend im Raum umsieht. Renate reckt den Hals, ist jedoch zu klein, um über Katharina und Magda hinwegzusehen, schält sich also erstmal aus ihrer dicken Jacke und fragt lakonisch: „Findet unsere Sitzung heute auf dem Flur statt?" Von drinnen erklingt Veras Lachen, glockenhell und extra laut, und als Katharina endlich den Eingang freigibt und alle eintreten lässt, ist das allseitige Staunen groß: Im Innern des Stuhlkreises aufgebaut sehen sie Trommeln und Schlaginstrumente jeder Art. Genau im Zentrum steht eine riesige Djembé-Trommel mit Fellrand, um sie herum drapiert eine doppelte und eine einfache Bongo, Congas und eine Kindertrommel, ein Schellenstab, ein Regenrohr, ein Tambourin und zwei grellbunte Rasseln, ein Glockenspiel und eine Triangel.

„Hey, was wird das denn?", fragt Jana, die gerade hereingestürmt kommt. „Bin ich hier falsch?" Wieder lässt Vera ihr helles Lachen erklingen, schließt leise die Tür und wird fast ein bisschen rot, als sie sich jetzt neben die große Djembé-Trommel stellt, die Hände vor dem Bauch faltet und die fünf Frauen begrüßt. Die wilde Löwenmähne hat sie heute mit drei großen Kämmen hochgesteckt, der obligatorische graue Strickmantel wird von einem blautürkisfarbenen Crinkleschal belebt.

„In Anbetracht der Tatsache, dass unsere beiden letzten Sitzungen sehr intensiv waren und für die eine oder andere von euch vielleicht sogar ein wenig belastend" - hier und dort erklingt leise zustimmendes Gemurmel - „habe ich mir für den heutigen Abend, der der letzte vor den Osterferien ist, etwas Besonderes für euch ausgedacht."

Mit einer weiten Armbewegung deutet sie auf die Instrumente. „Ich habe mir ein Auto geliehen (sie macht eine Pause, um die Bedeutung dieser Tatsache wirken zu lassen) und alles an Schlaginstrumenten mitgebracht, dessen ich habhaft werden konnte, weil ich euch die Gelegenheit geben möchte, euch etwaige Belastungen, Beschwerden, Druck oder Kummer von der Seele zu trommeln. - Wer das noch nicht selbst erlebt hat, kann sich kaum vorstellen, wie befreiend das sein kann."

Sie begegnet Renates skeptischem Blick, nickt ihr aufmunternd zu und fährt fort: „Wie ihr seht, finden sich hier mehr Instrumente als wir Teilnehmerinnen sind, so dass ihr die Qual der Wahl, aber auch die Möglichkeit von Tausch und Wechsel habt. - Bevor wir uns aber diesem Befreiungsakt hingeben, schlage ich vor, dass wir zunächst unsere übliche Entspannungsübung machen."

Sie zündet die Kerzen an, löscht das Licht und greift hinter sich, um den CD-Player anzustellen, als Jana plötzlich sagt: „Aber ich bin total unmusikalisch ... Ich kann das gar nicht ...", und es ist nicht zu übersehen, dass sie sich bei dem Gedanken daran, sich an einer Trommel oder ähnlichem zu versuchen, nicht wohl fühlt. „Keine Angst", lächelt Vera, „du wirst ja hier nicht auf die Probe gestellt! Hier wird keiner vorgeführt, Jana." Wirklich beruhigt sieht Jana nicht aus, nimmt jedoch gehorsam ihre Entspannungshaltung ein und schließt die Augen.

Sobald das Wellenrauschen verklingt, setzt allgemeines Füßescharren und Räuspern ein, die Spannung im Raum scheint mit Händen greifbar zu sein. Jana hat hektische rote Flecken auf den Wangen, sie klemmt die Hände unter die Oberschenkel und bleibt steif darauf sitzen. Renate hat die Stirn in Falten gelegt und mustert jedes Instrument, als handele es sich um wilde Tiere, die ihr jeden Moment an die Kehle springen könnten. Magda hält den Kopf schräg, massiert unauffällig ihr rechtes Ohr und blickt sorgenvoll drein. Nur Maria und Katharina scheinen diesem Abenteuer unbefangen entgegenzusehen, erwartungsvoll und gespannt sitzen sie da.

„Okay", beginnt Vera, diesmal weder glockenhell noch extra laut, „seht euch die Instrumente doch einmal genau an. Betrachtet sie aus der Nähe, nehmt sie in die Hand, testet ihren Klang. Und dann entscheidet euch für dasjenige, das ihr am liebsten zum Leben erwecken möchtet ..."

Katharina ist die erste, die dieser Aufforderung Folge leistet. Mit schief gelegtem Kopf trippelt sie um die Ansammlung von Trommeln herum, klopft hier mit den Fingerknöcheln, dort mit der flachen Hand, greift sich schließlich zwei Schlägel aus einem Köcher und lässt sie abwechselnd auf die doppelte Bongo fallen. Die Klangkombination gefällt ihr, sie nickt zufrieden und kehrt mit dem Instrument an ihren Platz zurück.

Auch Maria umrundet bereits die Mitte, lässt das Regenrohr rasseln, schwingt vorsichtig eine der beiden Maracas und entscheidet sich dann spontan für das Tambourin. Unter fröhlichem Schellengeläut nimmt auch sie wieder Platz.

Renate und Jana schleichen unschlüssig und misstrauisch um die noch verbleibenden Trommeln herum, schließlich lässt Renate die Hand an der Wand der glänzend polierten Conga auf- und abgleiten, spürt die Kühle der Rundung und ist zufrieden: Vorsichtig stellt sie das Dreibein vor ihrem Stuhl ab.

Jana traut sich nicht, eine der verbliebenen Trommeln auszuprobieren, alles was Lärm macht, macht ihr Angst. Und als Magda plötzlich auf die riesige Djembé zeigt und fast atemlos fragt: „Darf ich die?", tritt Jana erschrocken einen Schritt zurück, greift nach dem Regenrohr und hastet zu ihrem Platz. Magda muss zweimal gehen: Einmal mit der großen Trommel vorm Bauch, einmal mit den dazugehörigen Schlägeln.

Inzwischen herrscht schon ein leises Durcheinander im Raum, jede der Frauen probiert an ihrem Instrument herum, versucht, sich mit seiner Handhabung und dem Klang vertraut zu machen. Magda, die hoch aufgerichtet, die große Trommel zwischen den Knien, auf ihrem Stuhl sitzt, stellt fest, dass sie die Schlägel nicht braucht, sondern dem straff gespannten Ziegenfell lieber mit dem Handballen die Töne entlockt. Vera hält sich mit der Triangel in der erhobenen Hand diskret im Hintergrund.

Als sich schließlich alle mit ihrem Instrument vertraut gemacht haben, blicken sie auf: Eine nach der anderen hebt den Kopf, lächelt Vera erwartungsvoll an und erwartet mit Spannung deren Anweisungen. Doch sie werden enttäuscht. „Wenn ihr jetzt irgendwelche Instruktionen von mir erwartet, liegt ihr falsch", grinst sie und freut sich offensichtlich diebisch über die ratlosen Gesichter ihrer Gruppe. „Wirklich Sinn macht dieses Experiment nämlich nur, wenn jede von euch ihr Instrument so nutzt, wie ihr gerade zumute ist. Das heißt: Ihr seid nicht Mitglieder eines Ensembles, ihr seid Einzelkämpfer. Jede von euch entlockt ihrem Instrument die Töne, die gerade ihrer Stimmung, ihrer Gemütslage oder ihren Bedürfnissen entsprechen." „Das Chaos lebt", sagt Renate trocken, und Magdas Hand fährt hinauf zu ihrem Ohr.

„Sind wir eigentlich allein hier im Haus?", fragt Katharina, was Vera lachend bestätigt. Und während Jana wieder ein wenig Mut zu fassen scheint, weil ihr Beitrag zu dem zu erwartenden Konzert bestimmt im allgemeinen Durcheinander untergehen wird, schaut Maria nun doch etwas bedenklich drein, und Renate scheint ernsthaft besorgt. Etwas derartig Unstrukturiertes bereitet ihr Unwohlsein.

„Okay", sagt Vera. „Seid ihr bereit?" Sie löscht das Deckenlicht, entzündet die Kerzen in der Mitte des Kreises und schlägt einen zarten Ton auf ihrer Triangel an. „Fangt an!"

Zögernd, vorsichtig erklingen die ersten Töne. Katharina lässt die Schlägel abwechselnd auf die rechte, dann auf die linke Bongo fallen, sie gibt einen langsamen Rhythmus vor. Maria hebt das Tambourin, schüttelt es zart und legt es erschrocken wieder in den Schoß. Renate richtet sich zu voller Größe auf, schlägt erst mit der rechten, dann mit der linken Hand auf die Bespannung ihrer Conga, lauscht dem Klang nach und wiederholt ihn, diesmal etwas stärker. Und während links von ihr Jana vorsichtig die Kiesel in ihrem Regenrohr von einem Ende zum anderen gleiten und rechts von ihr Vera einmal kurz die Triangel erklingen lässt, testet Magda den Klang des Ziegenfells auf ihrer Djembé: Erst rechts, dann links ... rechts, links ... rechts, rechts, links ...

Nach und nach werden sie mutiger. Sie neigen die Köpfe, schließen die Augen, konzentrieren sich ganz auf den Klang ihres Instruments. Kräftiger schlagen sie zu, mächtiger ertönt der Klang. Während Marias Tambourin sich mit metallischem Klirren hoch über das allgemeine Durcheinander erhebt, mit seinem kurzen, fast mahnenden „Drrrrrrrrrrrrrrtttt" versucht, das Chaos zu übertönen, bringt Katharina auf der doppelten Bongo die Luft zum Vibrieren: Didili-didili-didili-dom-dom-dom dröhnt ihr Rhythmus in den Raum, immer kraftvoller setzt sie die Schlägel ein.

Renate, konzentriert auf die Klangfläche ihrer Conga starrend, versucht, die Kakophonie um sich herum auszublenden: Schon seit ein paar Minuten spürt sie einen Rhythmus in sich, den sie herauslassen will, herauslassen muss, und der Klang ihrer Conga kann gar nicht laut genug, nicht satt genug, nicht mächtig genug sein, sie hat die Schlägel beiseite gelegt und trommelt mit beiden Händen, die Augen geschlossen und so laut sie kann.

Magda hat sich inzwischen an ihre Djembé herangetastet, auch sie hält die Augen geschlossen, den Kopf geneigt, die Andeutung eines Lächelns in den Mundwinkeln. Mit glänzenden Augen von einer zur anderen schauend, schwenkt Jana das Regenrohr, mal schnell, mal langsam, erschrocken über den Lärm, den sie damit verursachen kann.

Der Geräuschpegel steigt in dem Maße, in dem sich die Augen schließen. Irgendwann sitzen sie alle da, gefangen von ihrem Instrument und den Wellen, die es aussendet, die zu ihnen zurückfinden und sie in den Bann schlagen. „Drrrrrrrrrrrrrrtttt" macht das Tambourin, „Didili-didili-didili-didili-dom-dom-dom" tönen die Bongos, „Dum-da-da-dum-da-da-dum-da-da-dum" dröhnt die Djembé, „rrrrrrischt-rrrischt-rrrrrischtt" rauscht das Regenrohr, die Conga versucht, das Tempo zu halten, während sich hin und wieder auch die Triangel Gehör verschafft.

Magda geht auf Reisen. Ihre Handflächen versetzen das Ziegenfell in Schwingung, sie setzt die Hände mal in der Mitte, mal außen am Rand an, ruft mal tiefe, mal hellere Töne hervor, sie schlägt mit dem Handballen genauso wie mit den Fingerspitzen, sie spürt die Vibration, wie sie aufsteigt aus dem Boden über ihre Füße und Beine in den Bauch, wie sie sich fortsetzt über das Zwerchfell in die Brust, den Hals, den Kopf, bis in die Haarspitzen meint sie den Klang dieser Trommel zu spüren, fühlt sich aufgehoben, gehalten, umfangen von ihm, spürt nicht die Tränen, die ihr über die Wangen laufen, spürt nur die Geborgenheit, den Trost, den jeder dröhnende Ton ihr schenkt, will mehr, immer mehr, will nie mehr aufhören ....

Der Klang der Djembé wird lauter, mächtiger. Er wird schneller. Er schreitet voran. Die Djembé reißt die Führung an sich. Die Bongos nehmen den Rhythmus auf, passen sich an, halten Schritt. Jetzt findet sich die Conga ein, stolpert kurz, übernimmt aber sofort den Gegenpart zu den Bongos. Das Tambourin rasselt leise im Hintergrund, hält sich bewusst zurück und setzt dann blitzschnell Akzente bei jedem zweiten „Dum-da-da-dum". Gleichzeitig setzt das Regenrohr ein, untermalt das unaufhaltsame Voranschreiten mit zunächst angedeutetem, dann immer deutlicherem „rrrrischtttt", lässt es an- und abschwellen, solange bis die Djembé das Tempo steigert, anzieht, vorwärts drängt, hastet, und alles mit sich reißt. Und jetzt finden sie alle zusammen, finden sich zusammen in einem einzigen Rhythmus, einem einzigen Herzschlag, stürmen voran, mächtig und kraftvoll strömen sie dahin, brodelnd, wirbelnd, tosend. Die Djembé macht den Bongos Mut, die Bongos fordern die Conga heraus, das Tambourin flirtet mit dem Regenrohr, sie sind da, sie sind eins, sie sind stark. Sie halten den Rhythmus, er vibriert, steigt auf, fällt ab, schwingt unter ihnen, über ihnen, in ihnen. Da wagt sich das Tambourin vor, lässt seine Schellen stürmisch erklingen, stellt sich gegen den Strom und kokettiert mit dem Chaos. Rasselnd mischt sich das Regenrohr ein, erhebt Anspruch, Anspruch auf Kontinuität und Gleichklang, ruft das Tambourin zur Ordnung und übergibt das Thema an die Bongos. Die nehmen es auf, variieren es von pizzicato zu legato, bremsen langsam sogar die Djembé ab, lassen alle in einen gemächlichen Trott verfallen, verhelfen ihnen zu erleichtertem Durchatmen. Und mit einem gewaltigen, ohrenbetäubenden Schlag der Djembé kommt alles zum Stehen, entlässt in die Freiheit, was immer nach Freiheit verlangt. - Als die Vibrationen verstummen, als das Chaos verebbt, die Stille sich ausdehnt und sich auf sie herabsenkt wie ein seidenes Tuch, öffnen sie die Augen und sehen sich an. Sie sind eins, sie gehören zusammen.

„Anfangs war ich kurz davor, den Raum zu verlassen", sagt Maria. Sie hat das Tambourin in den Schoß gelegt, streicht mit der gesunden Hand zart darüber hin. „Das Dröhnen der großen Trommel ... (sie weist auf die Djembé, die Magda immer noch zwischen den Knien eingeklemmt hält) ... ging mir durch und durch. Ich fühlte mich bedroht davon, als wenn der Klang mich von innen heraus explodieren lassen wollte. Der Rhythmus harmonierte überhaupt nicht mit meinem Herzschlag, es stolperte alles durcheinander, es stieg mir von der Brust in den Kopf und nahm mir die Luft zum Atmen. Doch dann zwang ich mich, mich auf meinen Einsatz zu konzentrieren (sie schüttelt leise das Tambourin), und ich lauschte diesem zarten Klang hinterher, und das fühlte sich gut an, leicht und fröhlich, und doch merkte ich, wie ich mich damit einmischen und mich bemerkbar machen konnte, solange bis ich sogar das Gefühl hatte, mitbestimmen zu können." Maria lächelt hinunter auf das Tambourin in ihrem Schoß, blickt dann auf und nickt Magda zu. „Irgendwann ist aus dem Gegeneinander ein Miteinander geworden, so ganz von allein, ohne willentlich gesteuert zu werden, nicht? - Das hat mich ehrlich beeindruckt."

Magda lächelt. Sie fühlt sich ein klein wenig schuldbewusst. „Wenn ich ehrlich bin", sagt sie denn auch, „hab ich mich richtig ausgetobt ..." Sie wird tatsächlich rot. „Ich hab mich dem Klang der Trommel praktisch vom ersten Ton an überlassen, ich hab sie machen lassen, was sie wollte - weil sich das so gut anfühlte! Ihr Klang ist so ... so rund, so satt und voll! Dem ist nichts hinzuzufügen, der ist sich selbst genug. Und das ist das, was mir fehlt. Und als ich die Trommel schlug, da hatte ich das alles, da war ich vollständig, vollkommen, da fehlte mir nichts mehr. Ich war stark, ich war mutig ... und trotzdem geborgen und aufgefangen als Teil eines Ganzen, und dieses Ganze fühlte sich so gut an, so richtig, das war wie ... Nach-Hause-Kommen."

„Ich hab euern Kampf wohl bemerkt", bestätigt Renate jetzt, „und er hat mich gehörig irritiert! Ich lauschte mal der einen, mal der anderen - und ich fand überhaupt nicht zu meinem Rhythmus. Bis ich dann praktisch die Ohren zugeklappt und einfach mein Ding durchgezogen hab ... nach mir die Sintflut, dachte ich und hab meine Conga wohl ziemlich gequält. Aber sie hörte sich so an, wie mir zumute war, und als ich dann irgendwann wieder meine Ohren aufklappte und euch und euren Instrumenten lauschte, stellte ich fest, dass wir alle den gleichen Rhythmus schlugen, alles passte zusammen. Das war verrückt: Aus diesem Chaos war irgendwie ... quasi durch Zauberhand ... etwas Harmonisches geworden! Das hätte ich nie für möglich gehalten." „Und wie fühlte sich das für dich an?", fragt Vera. „Na ... toll natürlich! Wunderschön!"

Jana glüht immer noch, die Haut über den ausgeprägten Wangenknochen scheint straffer gespannt als sonst, ihre Augen schießen Blitze. Ungeduldig rutscht sie auf ihrem Stuhl hin und her. „Ich hätte nie gedacht, dass ich einmal so etwas empfinden würde", sagt sie und starrt auf das Regenrohr in ihrer Hand. „Dieses Ding hier ist der reinste Zauberstab. Wenn ich das nicht behalten darf, Vera, werde ich mir selbst eins kaufen. Es verleiht Macht. Es verleiht Einfluss. Es lässt mich träumen und fliegen. Auf seine zarte, rasselnde Art bringt es Bewegung in alles Erstarrte, es lässt die Dinge fließen ... alles ist im Fluss, alles gleitet dahin, wie ein Strom, wie Wasser ... Wasser sucht sich seinen Weg, sagt mein Vater immer ... es nimmt alles mit, was sich ihm in den Weg stellt, schwemmt alles davon, was nicht niet- und nagelfest ist .... Und dann ist man den ganzen Ballast los, dann fühlt man sich so leicht, ganz unbeschwert ..."

Auch Katharina hält ihre Bongos noch fest, hat sie noch nicht in die Mitte zurückgestellt. „Das Ding gefällt mir", sagt sie, legt den Kopf schief und lächelt auf ihre mädchenhafte Art. „Das hat was." Alle warten, dass sie fortfahren soll, doch Katharina schweigt. „Möchtest du uns noch ein bisschen mehr erzählen?", fragt Vera nach einer Weile. „Ich weiß nicht", antwortet Katharina, „ich glaube nicht. Da ist ein ziemlliches Durcheinander in mir - Wut, Angst, Traurigkeit, aber auch Aufbegehren, Rebellion - das muss ich erstmal sortieren. Aber soviel kann ich sagen: Es hat mir gut getan!"

Jana

Als Jana sich, immer noch leise vor sich hinlächelnd, dem Eckhaus in der Vogelstraße nähert, sieht sie schon von weitem das flackernde Licht, das aus einem der oberen Fenster ihres Hauses in die finsteren Vorgärten ihrer Nachbarn hinunterzuspringen scheint. Sie bleibt stehen, sucht mit den Augen die Hausfront ab und starrt hinauf zum Fenster ihres Vaters, in dem hektisch und rhythmisch ein Licht aufflammt und verlischt, aufflammt und verlischt. Kurz-lang-lang, kurz, kurz-lang-kurz, lang-kurz-kurz, kurz .... ‚Sieht aus wie Morsezeichen‘, denkt sie und öffnet kopfschüttelnd die Pforte.

„Morsezeichen ....! Meine Güte, Vater!" Mit schnellen Schritten steigt sie die Stufen zur Haustür hinauf, sucht fieberhaft nach ihrem Schlüssel und wirft die Tür hinter sich ins Schloss, als es ihr endlich gelungen ist aufzuschließen. Sie stöhnt auf und hält sich den Rücken, während sie, mehrere Stufen auf einmal nehmend, die Treppe hinauf nach oben eilt.

„Vater, was machst du?" Sie ruft es schon von der Flurtür her, erhält aber keine Antwort. In der Wohnung ist es eisig, die Heizung scheint ausgefallen zu sein und es zieht wie Hechtsuppe. Alle Lampen sind gelöscht, selbst das Notlicht an der Wand zum Bad ist ausgeschaltet. Jana stöhnt auf, als ihr Schienbein im Dunkeln gegen den Schirmständer prallt, doch schon ist sie im Wohnzimmer, tastet nach dem Lichtschalter und kneift die Augen zusammen, als die Helligkeit im Raum explodiert. „Licht aus!", herrscht ihr Vater sie von der Balkontür her an, „verdammt nochmal, machen Sie das Licht aus!"

Barfuß und im Schlafanzug steht er auf dem Zementboden des Balkons und hält seine Nachttischlampe mit beiden Händen umklammert. Noch während sie zu ihm eilt, ihn an den Schultern packt und zu sich herumzudrehen versucht, fragt sich Jana, woher er die Geistesgegenwart genommen hat, das kurze Kabel der Nachttischlampe an die Verlängerungsschnur aus der Küche anzuschließen, doch da schüttelt er sie auch schon ab, wendet sich wieder der Balkonbrüstung zu und schickt seine Morsezeichen weithin leuchtend in die Nacht.

„Vater, es sind zwei Grad über Null, du holst dir hier den Tod", sagt Jana und versucht verzweifelt, ihm die Lampe aus den Händen zu nehmen. „Du weckst die Nachbarschaft mit dem Geblinke, du leuchtest den Brauers da drüben direkt ins Schlafzimmer ...." „Fassen Sie mich nicht an!", faucht ihr Vater, entwindet sich ihrem Griff und morst emsig weiter. „Die Laxoberal-Zentrale erwartet meinen Bericht. Die führen Buch über mich, die müssen alles wissen. Wie's mir geht (lang-lang-kurz, kurz-kurz-lang, lang), was ich beobachtet habe, wer sich hier herumtreibt, wie oft ich ..."

Jana weiß sich keinen anderen Rat mehr, mit einem Ruck reißt sie den Stecker aus der Wand. Dunkelheit. Stille. Dann ertönt ein metallisches Scheppern, ein dumpfes Rumpeln, dann heiseres Schluchzen. Jana hat die Stehlampe erreicht, ist mit zwei Schritten zurück auf dem Balkon. Mit zitternden Händen zerrt sie ihren Vater heraus aus den Scherben, zwischen denen er steht, zurück ins Zimmer und zum Sofa. Sie schließt die Balkontür, reißt im Gehen die Wolldecke vom Sessel und wickelt sie dem alten Mann um die Beine. Tröstende Worte murmelnd, streicht sie ihm mit beiden Händen über die kratzenden Wangen, tupft ihm die Tränen ab und hüllt ihn sanft in seine Bettdecke, die sie aus dem Schlafzimmer holt.

In der Küche kocht bereits das Wasser, hastig rührt sie eine Brühe an. Mit dem dampfenden Becher in der Hand kehrt sie zurück zum Sofa, lässt sich neben ihrem Vater nieder und fängt an, ihn löffelweise zu füttern. Seine Tränen sind noch nicht versiegt. „Sie stellen mich vors Kriegsgericht", murmelt er, „das ist Feigheit vor dem Feind! Ich hatte den Befehl .... Meldung .... koste es, was es wolle ... Das war ein Befehl! Und jetzt das ... Sabotage ... die Zentrale erwartet ... die Laxoberal-Zentrale ...." Als ihm der Kopf auf die Brust sinkt, legt Jana seine dünnen Beine aufs Sofa, nimmt ihm die Brille von der Nase und schiebt ihm ein Kissen unter den Kopf. Liebevoll deckt sie ihn zu. Dann angelt sie sich einen Sessel heran, holt sich die letzte Wolldecke aus dem Schrank und zieht sie hoch bis ans Kinn. Sie stellt sich ein auf eine lange Nacht.

Renate

‚Das ist mal wieder typisch‘, denkt Renate und legt die geschwollenen Füße auf den Hocker vor ihrem Sessel. ‚Gerade ringe ich mich durch und will endlich mal was sagen, da haben wir Osterpause!‘ Mit zusammengezogenen Brauen starrt sie auf ihren Kalender. Im Grunde weiß sie genau, dass weder die Gruppe noch die Osterpause schuld sind, aber sie mag sich noch nicht eingestehen, dass ihr diese Verzögerung willkommen ist, dass sie es unbewusst selbst so eingerichtet hat, noch vierzehn Tage Gnadenfrist bis zu ihrem großen Auftritt zu haben. Denn dass sie endlich klarstellen muss, weshalb sie an dieser Gruppe überhaupt teilnimmt, ist klar wie Kloßbrühe, nur das Wann war halt bisher noch ungeklärt.

Sie denkt an Katharina, die schonungslos alles offengelegt hat, die weder aus ihrer Verzweiflung noch aus ihrer Wut ein Geheimnis gemacht hat. Sie sieht Jana vor sich, wie sie einsam und verlassen und tränenüberströmt auf dem Steg steht und wie sich die Haut über den markant hervortretenden Wangenknochen spannt und rötet, sobald sie die Aufmerksamkeit auf sich gerichtet fühlt. Und sie spürt Magdas Blick auf sich ruhen, diesen mitfühlenden, durchdringenden Blick, der sie irritiert, aber auch immer wieder fesselt. Und als Marias Bild auftaucht vor ihrem inneren Auge, Maria mit dem stillen Lächeln und den lebensklugen Augen, fängt Renate an zu grinsen. Sie mag diese Typen, diesen Haufen schrulliger Frauen, sie fühlt sich wohl mit ihnen. ‚Wem könnte ich denn trauen, wenn nicht ihnen‘, denkt sie, streckt die Beine aus und greift nach ihrem Bier.

5. April

Drei Wochen sind eine lange Zeit, und als sie sich nach und nach alle wieder eingefunden und ihre Plätze im Kreis eingenommen haben, gleitet so mancher prüfende Blick durch die Runde. Sind sie sich fremd geworden? Hat sich eine von ihnen verändert? Zaghaft lächeln sie sich zu, und als Vera mit ein paar aufmunternden Worten den Blitzlicht-Block herumreicht, macht sich schnell wieder Vertrautheit breit.

Der Zufall - oder wer auch immer - will es, dass Vera den Block heute rechts herum in die Runde schickt. Auf diese Weise ist Renate die letzte, die ihre Eintragungen vornimmt. Mit einem Blick hat sie erfasst, dass keine der anderen ein Ausrufungszeichen gesetzt hat in der Rubrik „Das ist mir ... wichtig". Einen kurzen Moment lang ist sie versucht, dort einfach einen Strich zu machen und den Block an Vera zurückzugeben, um sich für den Rest des Abends in diskretes Schweigen zu hüllen. „Zwei Seelen wohnen, ach, in meiner Brust ..." - oder wie heißt das noch gleich bei Goethe?

Stammt das aus dem Faust? Und wer, verflixt noch mal, sagt das dann da? Bevor sie sich von ihrem sprichwörtlichen Wissensdurst verleiten lassen kann, dieser Frage nachzugehen und ihr Gedächtnis zu durchforsten, setzt Renate mit kühnem Schwung ein Ausrufungszeichen - und fügt gleich noch zwei weitere hinzu. Mit einem angestrengten Schnaufen überreicht sie Vera den Blitzlicht-Block.

„Wie ich sehe", beginnt Vera lächelnd die Interpretation des Blitzlichts auf ihren Knien, „ist es euch in den Osterferien richtig gut gegangen. Ich hätte mich, ehrlich gesagt, nicht gewundert, wenn die eine oder andere von euch mich angerufen oder sich sonst irgendwie an mich gewandt hätte, denn es war wirklich heftig, was wir da vor unserer Osterpause losgetreten haben."

Sie räuspert sich, lässt den Blick über die Gesichter der fünf Frauen wandern und fährt dann etwas leiser fort. „Ihr seid stark! Ja, jede von euch ist stark auf ihre ganz persönliche Art und Weise. Sei es nun, dass ihr euch offenbart und die Gruppe an euren Ängsten und Nöten teilhaben lasst, oder sei es, dass ihr euch mitfühlend und beratend einbringt und für die jeweils andere nach Lösungen sucht ... ihr seid wirklich stark." Gegen ihren Willen fühlt Renate sich geschmeichelt. Verlegen senkt sie den Blick und versucht, sich ein Lächeln zu verkneifen.

„Eine von euch allerdings hat sich offenbar durchgerungen, euch um eure Meinung oder vielleicht sogar um eure Hilfe zu bitten: Drei Ausrufungszeichen sehe ich hier in der Spalte ‚Das ist mir Punkt Punkt Punkt wichtig'. - Und ich denke, diesem Wunsch nach Anteilnahme und Klärung können wir entsprechen, sobald wir uns entspannt und konzentriert haben." Sie greift hinter sich, setzt den CD-Player in Gang und führt die Gruppe, begleitet von Wellenplätschern und Möwengeschrei, auf ihre Reise durch den Körper.

Eine knappe Viertelstunde später reiben sie sich die Augen, gähnen herzhaft und recken und strecken die schweren, entspannten Glieder. Freundlich lächeln sie sich an, setzen sich auf ihren Stühlen zurecht und wenden sich erwartungsvoll Vera zu.

„Renate", beginnt diese denn auch, und Renate bricht postwendend der Schweiß aus allen Poren. „Du hast geschrieben, dass es dir heute Abend zwar gut geht, dass du aber ein Thema, nämlich „warum ich hier bin", hast, dass dir offensichtlich unter den Nägeln brennt, denn du hast drei Ausrufungszeichen gesetzt. - Magst du uns mehr erzählen?" Vera ist ganz und gar auf sie konzentriert, hat sich ihr ganz zugewandt, und ihr aufmunterndes Lächeln versucht unmissverständlich, Renate Mut zu machen.

„Ja, also ..." Renate räuspert sich und schluckt, ruft sich dann zur Ordnung und beginnt von vorn. „Ich hab mir gedacht, dass ich nun, nachdem ich dieser Gruppe schon so ungefähr zweieinhalb Monate angehöre, doch wohl auch endlich mal kundtun könnte, weshalb ich überhaupt hier bin." Sie macht eine Pause, verschränkt die Arme vor der Brust und steckt die Hände unter die Achseln. Prüfend wandert ihr Blick von einer zur anderen.

„Ich weiß jetzt ja schon, weshalb Jana und Katharina hier sind, und ich finde es toll, wie ihr es geschafft habt, euch hier so zu ... zu ... zu offenbaren. Das Vertrauen, das ihr uns, und damit eben auch mir, damit geschenkt habt, weiß ich echt zu schätzen." Wieder macht sie eine kleine Pause und ist versucht, sich mit Plattitüden davonzustehlen. „Andererseits geben mir Magda und Maria in dieser Hinsicht natürlich noch Rätsel auf ..." Jana und Katharina lächeln ihr verständnisinnig zu. „Aber letzlich ... ich denke, alles hat seine Zeit, und meine Zeit ist eben jetzt. Ich bin hier, weil ..." - sie holt tief Luft und schließt für einen kurzen Moment die

Augen - „mein Mann mich nach fünfundzwanzigjähriger Ehe verlassen hat."

Es ist heraus. Zum ersten Mal seit dem Tag X hat sie es ausgesprochen, laut und deutlich und in aller Öffentlichkeit: „Mein Mann hat mich verlassen." Es ist, als lösten diese Worte ihr Rückgrat auf und ließen es zerfließen, als nähmen sie ihr alle Festigkeit, jeden Halt und jede Stütze, und begleitet von einem trockenen, kratzenden Laut lässt sie Kopf und Schultern sinken.

Wieder ist es Maria, die wortlos zu ihr tritt, ihren Kopf mit der gesunden Linken zu sich heranzieht und schweigend verharrt, bis Renates Schultern und Nacken sich erneut straffen.

„Ich glaube, liebe Renate", lässt sich Vera jetzt mit sanfter Stimme vernehmen, „dass ich dir zunächst einmal unser aller Anteilnahme und Mitgefühl aussprechen darf. Nach fünfundzwanzigjähriger Ehe plötzlich allein dazustehen, ist ganz bestimmt kein Zuckerschlecken." Während Magda sich noch über diese flapsige und für Vera untypische Formulierung wundert, fährt diese bereits fort: „Magst du uns mehr erzählen, Renate? Wann ist es passiert? Wie ist es dazu gekommen? Und vor allem: Wie gehst du damit um?"

Auf diese Fragen ist Renate vorbereitet. Wieder und wieder hat sie sich die Antworten zurechtgelegt, hat versucht, die positiven Seiten ihres Alleinseins zu betonen und die Freiheiten, die dieses Leben ihr schenkt, gebührend hervorzuheben. Doch kaum beginnt sie zu reden, da schieben sich unversehens die Bilder vor ihr inneres Auge, lassen sie den Schock erneut durchleben, diesen Schock, der sie zur Salzsäule erstarren ließ und sie zum ersten Mal in ihrem Leben wirklich und wahrhaftig lähmte. Die Erinnerung an die Unfähigkeit jenes Augenblicks, sich zu bewegen, sich bemerkbar zu machen oder gar zu äußern, lassen ihr Herz rasen und die Röte in die Wangen schießen.

„Es war am Tag nach unserer Silberhochzeit", sagt sie, legt die Hände im Schoß zusammen und senkt den Blick. Ihre Stimme erinnert an das Knirschen von Schritten auf Kies. „Wir hatten ein wunderschönes Fest, eine wirklich gelungene Feier. Alle, die wir eingeladen hatten, waren gekommen, das Wetter spielte mit, das Essen war fantastisch, unsere Söhne und viele andere Gäste hatten sich die tollsten Überraschungen einfallen lassen, wir haben getanzt wie in alten Zeiten ... es war einfach nur schön."

Mit einer schnellen Bewegung wischt sie sich über die Augen. „Irgendwann gegen fünf Uhr morgens gingen wir nach Haus, zu Fuß durch den Wald. Die Sonne war schon wieder aufgegangen, die Vögel zwitscherten, es duftete nach feuchter Erde, und wir gingen Arm in Arm und Hand in Hand ... und zuhause ...", - ‚... schliefen wir miteinander', hatte sie sagen wollen, ‚wie früher, ganz langsam und sanft und voller Zärtlichkeit ...', doch sie bringt die Worte nicht heraus. Sie sieht ihn vor sich, wie er zärtlich auf sie herab lächelt, wie seine leicht geöffneten Lippen über ihre Augen fahren, die Nase hinab bis zum Mund, sie spürt die Wärme seines Körpers in der kühlen Morgenluft, die zum offenen Fenster hereinströmt, legt ihm wieder die Hand in den Nacken und zieht ihn an sich, leise lachend und vibrierend vor Glück. -

Jetzt sind ihre Wangen nass, sie bemüht sich nicht mehr, die Tränen wegzuwischen. „Ja, das war das letzte Mal. Am Nachmittag dieses Tages, des Tages nach unserer Silberhochzeit, traf er sie - und während ich noch dachte, am Neubeginn unserer Beziehung zu stehen, stand ich in Wirklichkeit schon am Abgrund, das heißt: an ihrem Ende."

Wieder sieht sie die Szene vor sich, wie Robert sich im Supermarkt über die Kühltruhe beugt, nach einem Paket Grillfleisch greift und mit zusammengekniffenen Augen Herkunft und Verfallsdatum prüft. Er schiebt die Brille zurück auf den Kopf, dreht sich schwungvoll wie immer zu ihr um - und verharrt mitten in der Bewegung, das kalte Fleisch in der Hand. Auch die Frau neben ihm, die gerade kopfschüttelnd ein Paket Hähnchenschenkel in die Kühltruhe zurückgelegt hat, erstarrt plötzlich, wendet den Kopf. Ganz langsam, wie in Zeitlupe, und richtet sich auf. Minutenlang, so scheint es, sehen sie sich an, sehen sich in die Augen und rühren sich nicht, so lange bis Robert das Fleischpaket fallen lässt. Sie lassen es liegen, wo es liegt, reichen sich über ihre Einkaufswagen hinweg die Hände und gehen. Ohne den Blick voneinander zu lassen, ohne ein Wort miteinander zu sprechen, ohne sich auch nur umzusehen, verlassen sie das Geschäft.

Erschöpft lehnt Renate sich zurück. Immer noch hält sie den Blick gesenkt, verschränkt die Hände im Schoß. Schweigen erfüllt den Raum, lastet schwer auf allen Schultern. Katharina steht auf, öffnet beide Fenster und schnaubt. „Ich brauch jetzt Luft", sagt sie über die Schulter zurück. „Ich hab grad das Gefühl zu ersticken ..."

Die hereinströmende Luft duftet nach Frühling. Immer noch ist es hell draußen, das Abendlicht spielt mild und schimmernd in diesem Raum, der ihnen mittlerweile so vertraut und ans Herz gewachsen ist, in diesem Raum mit dem Linoleumboden, den harten Stühlen und den verwaschenen Gardinen. Vor den Fenstern, in den alten Kastanien im Hof, schmettert eine Amsel ihr Lied, und Jana seufzt. Leise schließt Katharina die Fenster wieder, kehrt zu ihrem Stuhl zurück und setzt sich. Erwartungsvolle Gesichter wenden sich Renate zu.

„Diese Szene ließ keine Fragen offen. Während ich sie sah, während ich beobachtete, was da vor meinen Augen geschah, sagte eine Stimme in mir ständig: ‚Das ist nicht wahr, das kann nicht wahr sein. Das träumst du, so etwas gibt es nur im Film ...‘, aber ich spürte mit jeder Faser meines Herzens bis ins tiefste Innerste hinein, dass ich gerade Zeugin einer Begegnung der dritten Art geworden war, einer Urgewalt, der keiner von uns, ich am allerwenigsten, etwas entgegenzusetzen hatte. - Unter dem Aspekt habe ich Robert auch nie Vorwürfe machen können. Es war, wie es war - es kam über ihn.

An jenem Tag sah ich den beiden nach, sah, wie sie den Blick nicht voneinander lassen konnten, wie sie blind für ihre Umgebung im Gleichschritt über den Parkplatz gingen, Hand in Hand und Auge in Auge. Sie bewegten sich wie Schlafwandler, sie waren in Trance und irgendwie nicht von dieser Welt.

Ich ließ meinen Einkaufswagen stehen, verließ den Laden und fuhr nach Hause. Ich packte die nötigsten Sachen ein, seine Sachen, legte die Fotos der Jungs dazu und einen Zettel, auf dem ich ihn bat, die Wohnung nicht ohne vorherige telefonische Absprache mit mir wieder zu betreten, dann schnappte ich mir den Autoschlüssel und fuhr los. Zweimal lief ich um den großen Lütauer See, bis ich so müde war, dass ich kaum noch einen Fuß vor den anderen setzen konnte. Als ich zurückkam, hatte er seine Sachen abgeholt. Sein Hausschlüssel lag neben dem Telefon, dazu ein Zettel: ‚Es tut mir so leid. Verzeih mir, wenn du kannst.‘ Ich habe ihn zusammengeknüllt und ins Klo geworfen.“

Atemlose Stille hüllt sie ein, während die Dämmerung den Raum zu fluten beginnt. Keine aus der Runde wagt es, Renate mit Fragen zu attackieren, jede von ihnen kämpft mit einem Wirrwarr unterschiedlichster Gefühle.

„Das ist jetzt fast zwei Jahre her", nimmt Renate den Faden nun wieder auf. „Die Frau - Irina - ist seine Sandkastenliebe, die Liebe seines Lebens. Sie haben ihre Kindheit und Jugend zusammen verbracht, waren unzertrennlich und wie füreinander bestimmt. Robert hat mir nicht viel von ihr erzählt, nur einmal verriet er sich, als er sagte: ‚Ich hätte mein Leben gegeben für sie.' Sie stammte wohl aus ziemlich zerrütteten Familienverhältnissen und irgendwann, als sie zwölf oder dreizehn waren, verschwand sie ganz plötzlich: Das Jugendamt hatte sie in eine Pflegefamilie gegeben, und keiner wusste, wohin. Wo auch immer sie gelandet war: Man verstand es, jeglichen Kontakt zu ihrem früheren Leben zu unterbinden.

Nie hätte ich gedacht, dass diese Frau mir einmal gefährlich werden könnte. Dass die beiden sich nach all der Zeit, nach annähernd fünfunddreißig Jahren überhaupt wiedererkannt haben! Wer glaubt denn sowas? Aber es war nicht einfach ein Wiedererkennen, es war ... eine Art Erwachen, würde ich sagen. Ja, es war, als wenn die beiden im Augenblick des Erkennens erwachten aus ihrem Dornröschenschlaf. Und sie mussten sich nicht einmal die Augen reiben, sie nahmen sich bei der Hand und marschierten los ... marschierten einfach hinaus aus meinem und hinein in ihr Leben." Renate ist froh, dass es im Raum nun fast dunkel ist. Sie spürt die Glut auf ihren Wangen, fühlt das Zittern ihrer Lippen. „Noch in derselben Woche ist Robert bei ihr eingezogen. Inzwischen sollen sie ein nettes kleines Haus an der Wakenitz gekauft haben, unsere Söhne besuchen sie dort hin und wieder ..."

Nach einer langen Zeit des Schweigens fragt Vera: „Wie hast du dich eingerichtet in diesem neuen Leben, Renate? Wie gehst du um mit dem Single-Dasein?" Renate wendet sich ihr zu und sieht ihr fest in die Augen, dann zieht sie verächtlich einen Mundwinkel herab und sagt: „Ich leide unter Asthma, Bluthochdruck und Herzrhythmusstörungen. Noch Fragen?"

Magda

„Wir sind vielleicht eine Trümmertruppe, sag ich euch." Kopfschüttelnd birgt Magda die Nase in Philemons Fell, während Baucis sich schnurrend unter ihrem Arm hindurchzwängt: Der Platz auf Magdas Brust gehört ihr. Immer noch hat Magda Renates Stimme im Ohr, heiser und rau, aber tapfer und entschlossen hat sie alles ausgesprochen, was ihr die Luft abzuschnüren droht.

Dankbar registriert Magda, dass das zweistimmige Schnurren der Katzen ihren Tinnitus übertönt - kein hohes Klingeln links, kein schrilles Pfeifen rechts. Nur gleichmäßiges, tiefes Brummen, das über ihr Brustbein den Kehlkopf hinauf bis in den Oberkieferknochen und von dort in die Ohren dringt. Sie spürt diesem Gefühl nach, kann sich plötzlich vorstellen, wie es sich anfühlen mag, wenn Katzen die Heilung von Brüchen oder Verletzungen durch das eigene Schnurren beschleunigen, wenn sie sich sozusagen selbst gesund schnurren. „Ihr Zauberer!", flüstert sie. „Wir könnten so viel lernen von euch ..."

Maria

„Von jetzt an wird's ihr besser gehen, Lieber, meinst du nicht auch?" Maria hat die Straßenschuhe abgestreift, ist in die Hausschuhe geschlüpft und geht zum Waschbecken in der Küche, um sich die Hände zu waschen. Mit der Linken legt sie das nasse Stück Seife in die Rechte, bewegt es vorsichtig hin und her und legt es dann zurück in die Schale. Mit den Fingern der linken Hand umfasst sie jeden einzelnen der rechten, reibt Handrücken und -teller und führt die

Hand unter den Wasserhahn, um die Seife abzuspülen. Sie nimmt das Handtuch vom Haken, hängt es über die vor ihrer Brust ruhende, angewinkelte rechte Hand und beginnt, die einzelnen Finger mit Hilfe ihrer linken Hand zu trocknen. Die rechte Hand ist wie immer stark gerötet, die Lymphe, die sich darin staut, hat sie bereits wieder anschwellen lassen. Maria ist es gewohnt, sie achtet nicht darauf.

Auf dem Weg ins Wohnzimmer bleibt sie für einen kurzen Moment vor dem Spiegel im Flur stehen. „Meinst du wirklich, dass mir in meinem Alter so lange Haare noch stehen?", fragt sie, und spürt im selben Augenblick, wie seine Hände ihr Haar liebkosen, vom Scheitel herab bis zu den Schultern streichen sie, wickeln sich einzelne Strähnen spielerisch um die Finger und beginnen sanft, ihr die Kopfhaut und die wie immer verspannte Nackenmuskulatur zu massieren. Mit geschlossenen Augen steht sie da, genießt seine Berührung und spürt die Wärme, die sie durchflutet. „Ach, Lieber", flüstert sie, als er ihr schmunzelnd einen Kuss auf die Wange haucht, „niemand kann das so wie du..."

Als sie sich auf dem Sofa in die Fleecedecke einkuschelt und die Füße hochlegt, lächelt sie ihn entschuldigend an: „Mir ist so kalt heute, so von innen heraus kalt - ich weiß auch nicht, ob mir etwas in den Knochen steckt oder ob es an diesem Abend liegt ... Ich versuche die ganze Zeit, mir vorzustellen, wie ich mich an ihrer Stelle verhalten hätte ..." Sie verstummt und starrt gedankenverloren vor sich hin.

„Die andere war seine Sandkistenliebe, weißt du, sie war die, der von jeher sein Herz gehörte. Fast fünfunddreißig Jahre lang hat er sein Herz im Zaum gehalten, hat seine Sehnsucht und seinen Schmerz betäubt und zurückgedrängt, bis er sie wirklich fast vergessen hatte, und dann plötzlich, von einer Sekunde zur anderen, explodiert all das, bricht sich Bahn und füllt alles aus, sein Ich, sein Leben, sein Herz und seinen Körper. Alles. Es war eine Naturgewalt, und er konnte wirklich nichts dafür, das verstehe ich - aber ob ich so großzügig hätte sein können wie Renate? Von einer Sekunde zur anderen brach für sie alles auseinander ...

Ich liebe dich so sehr, aber wie hätte es mir möglich sein sollen, auf dich zu verzichten, damit du mit einer anderen glücklich wirst? Das würde meinen Tod bedeuten.

Sie muss ihn also mehr geliebt haben als ihr Leben, denn stell dir vor, Lieber: Im Augenblick der Erfüllung, als sie sich am Neubeginn ihrer Liebe glaubt, dreht er sich um und geht ohne einen Blick zurück. Verschwindet aus ihrem Leben und nimmt nicht einmal wahr, dass er sie am Abgrund stehen lässt. Ich glaube, Lieber, es gehört wahre Größe dazu, in so einer Situation nicht auf Rache zu sinnen ..." Aus dem Augenwinkel sieht sie, wie er langsam und ruhig nach seinem Bierglas greift und es ihr mit einem tiefen Blick aus dunklen Augen entgegen hebt. Was würde sie darum geben, sich jetzt in seine Arme schmiegen zu können.

12. April

„Ach du liebe Güte, was wird das denn?" Katharina steht in der Tür und sieht Vera zu, die emsig hin und her läuft, Papier, Wassergläser, Farben und Pinsel auf dem Boden verteilt und den inzwischen nur noch aus sechs Stühlen bestehenden Stuhlkreis um Armeslänge nach außen verschiebt. „Überraschung!", trällert Vera. Freudig erregt schwirrt sie durch den Raum, lässt ihren inzwischen recht ausgebeulten grauen Strickmantel beschwingt hinter sich her flattern und bleibt immer wieder stehen, um ihr Arrangement prüfend zu überblicken. Schließlich lehnt sie sich aufatmend an die Wand. „So - fertig!", nickt sie und lädt „ihre Mädels", wie sie die Gruppe längst still für sich nennt, mit weit ausholender Geste ein, Platz zu nehmen.

Nach ausgiebigem Wellenrauschen und genüsslichem Recken und Strecken, als alle von ihrer Reise durch den Körper in den Raum zurückgekehrt sind, klopft Vera mit dem Kugelschreiber auf den Blitzlichtblock. „Es ist mir heute besonders wichtig zu erfahren, wie es euch ergangen ist nach unserer letzten Sitzung - wie es dir geht, Renate, und wie es euch geht, nachdem Renate sich euch anvertraut hat. Ich muss sicher nicht extra betonen, dass alles an Störungen oder auch nur Unbehagen unumwunden angesprochen werden kann und soll?" Einträchtiges Nicken in der Runde, und nach kurzer Zeit hält Vera den Block wieder in Händen. Erstaunt zieht sie die Augenbrauen hoch.

„Wie ich sehe, habt ihr den vergangenen Montagabend alle gut verkraftet?" Sie lässt den Blick durch die Runde wandern. Alle Gesichter sind ihr zugewandt, ruhig und offen sehen sie sie an. „Damit hatte ich, ehrlich gesagt, nicht gerechnet", fährt Vera fort, „aber das zeigt mir, dass ihr zu einer starken Gemeinschaft zusammengewachsen seid und mich wohl bald nicht mehr brauchen werdet ...", und Magda meint, aus diesen Worten eine leise Kränkung herauszuhören.

„Bitte, sag uns doch: Wie geht es dir?", wendet sich Vera nun an Renate. „Es ist uns ja nicht verborgen geblieben, wieviel Kraft es dich gekostet hat, uns deine Geschichte anzuvertrauen, darum hab ich mir ein bisschen Sorgen um dich gemacht, Renate. - Wie hast du die vergangene Woche erlebt?"

Renate richtet sich auf, rutscht ein wenig auf ihrem Stuhl herum und räuspert sich. „Naja, anfangs nicht so gut", sagt sie, und ihre Stimme rasselt ein wenig in ihrer Kehle. „Die ersten paar Tage ging's mir echt schlecht, alles kam wieder hoch, alles war wieder da und aufgewühlt und an die Oberfläche gespült worden. Ich schlief schlecht und war drauf und dran, mich im Büro krank zu melden. Aber dann, so ab Mitte der Woche, denke ich, merkte ich plötzlich, dass ich besser Luft bekam. Selbst in geschlossenen Räumen konnte ich frei durchatmen - sehr zur Freude meiner Kollegin, weil wir nämlich jetzt sogar für Stunden das Fenster in unserem Büro geschlossen halten können, das ging vorher einfach nicht. Und mein Asthma-Spray hab ich, glaube ich, in der Nacht von Mittwoch auf Donnerstag zuletzt gebraucht, das ist eine echte Sensation!" „Das freut mich aber", unterbricht Maria sie strahlend, „ich hatte gehofft, dass es so kommen würde."

Renate schickt ein schiefes Lächeln zu ihr hinüber. „Insgesamt kann ich sagen", fährt sie mit festerer Stimme fort, „dass es mir besser geht - nein, ich muss sogar sagen, dass es mir gut geht. Am vergangenen Sonnabend hab ich mal so still für mich Bilanz gezogen - vergesst bitte nicht, dass ich Steuerberaterin bin - und habe unterm Strich ein deutliches Plus verzeichnen können: Ich bekomme besser Luft, ich schlafe gut, ich spüre mein Herz kaum noch, höchstens beim Treppensteigen, ich stelle sogar so etwas wie Fröhlichkeit fest, denn ich erinnere mindestens zwei Gelegenheiten, bei denen ich herzhaft gelacht habe - und das ist etwas, was mir schon seit Monaten nicht mehr passiert ist." Spontaner Applaus erfüllt den Raum. „Ich sag's ja immer", triumphiert Katharina, „Schweigen ist Silber - Reden ist Gold!"

Das Arrangement von Papier, Farben, Stiften und Pinseln zieht ihre Aufmerksamkeit wieder auf sich. „Verrätst du uns nun, was das hier werden soll?", fragt sie Vera und deutet auf die Mitte des Stuhlkreises. Wieder ist Maria fasziniert von Katharinas zarten Händen mit den wohlgeformten Nägeln. „Du meinst doch nicht etwa, dass wir hier malen sollen?" Sie hat die Stirn in Falten gezogen und den Kopf schief gelegt. „Ich muss dir nämlich sagen, dass ich in Kunst immer eine Vier minus hatte - also mit mir kannst du nicht rechnen ...", und über die Abwehr in ihrer Stimme muss auch Renate lachen. „ ... und mit mir erst recht nicht", meldet sich jetzt Jana. Ihre Wangen sind gerötet und die Augen riesengroß. „Ich kann nicht malen!", sagt sie, und es klingt geradezu panisch. „Das war mir in der Schule schon peinlich."

Verschwörerisch lächelnd steht Vera auf, geht langsamen Schrittes um das auf dem Boden ausgebreitete Papier herum und sagt: „Lasst mich doch bitte erst einmal erklären, was ich mir ausgedacht habe." Der Blick ihrer blassblauen Augen wandert von den Malutensilien hinauf zu den Gesichtern, die sich ihr erwartungsvoll zugewandt haben.

„Es wird hier nicht darauf ankommen, schön oder kunstvoll oder sogar künstlerisch wertvoll zu malen. Wir werden malen, was uns gerade in den Sinn kommt und wie uns gerade jetzt zumute ist, und zwar nicht jede für sich, sondern alle zusammen. Ihr fünf werdet ein gemeinsames Bild schaffen, in dem sich jede einzelne, aber auch eure Gemeinschaft, widerspiegeln wird, und ihr werdet erstaunt sein, wie sich euer Unterbewusstsein zu Wort melden bzw. in Form und Farbe ausdrücken wird."

Sie steckt die Hände in die Taschen ihres Strickmantels und macht eine bedeutungsvolle Pause. „Wie ihr seht, habe ich verschiedene Farben mitgebracht. Da sind Aquarellfarben, Filzstifte, Buntstifte, Malkreiden und sogar Skriptol. Da sind dicke und dünne Pinsel, Schwämme, Bleistifte, Federn und Federhalter, Kartoffeln für Kartoffeldruck oder Salzkristalle für spezielle Effekte, und wenn das Papier nicht reichen sollte" - sie deutet in die hintere Ecke des Raumes - „können wir jederzeit für Nachschub sorgen. - Und jetzt bitte ich euch: Fangt an! Überlegt nicht lange, wie oder was, greift zu, schnappt euch irgendetwas und malt - jetzt!"

Magda und Renate grinsen sich an, Katharina stöhnt peinlich berührt auf. Jana presst die Lippen zusammen und nestelt mit fahrigen Bewegungen an den Kanten ihrer Strickweste herum, während Maria aufsteht, Vera ihren Arm hinhält und bittet: „Sei so nett und kremple mir den Ärmel auf, ja?" Dann wendet sie sich zur Mitte, stützt das Kinn in die Hand und fragt: „Wo, meint ihr, soll unten sein?"

Plötzlich steht Magda neben ihr, tippt mit der Fußspitze auf den Rand des Papiers und sagt: „Hier." Maria greift nach einem langen Pinsel mit kurzen Borsten, taucht ihn ins Wasserglas und klappt einen Tuschkasten auf. Mit energischem Schwung rührt sie das Gelb an, nimmt noch ein wenig Orange dazu und kniet sich hin. Während ihre Zunge sich zwischen ihren Lippen hervorwagt, setzt Maria mit kühnem Schwung einen Viertelkreis in die linke obere Ecke des Bogens, malt die Fläche aus und lässt abwechselnd lange und kurze Strahlen daraus hervorwachsen. Mit schwungvollen Strichen malt sie ihrer Sonne große, triefblaue Augen und einen lachenden Mund. Als sie aufsteht, sagt sie zufrieden: „So, jetzt haben wir jedenfalls schon mal Licht." Sie tritt einen Schritt zur Seite, um Magda Platz zu machen.

Auch Magda greift zu einem Pinsel, allerdings einem mit langen, weichen Borsten. Als Farbe wählt sie ein mittleres Braun, malt einen Weg, der aus der unteren Mitte des Papiers nach rechts oben wächst und zum Horizont hin immer schmaler wird. Er windet sich imaginäre Hügel und Berge hinauf, und während er im Vordergrund noch von dunklen Furchen durchzogen ist und sich um große, bedrohliche Felsbrocken und Findlinge herumwindet, wird er in der Ferne immer heller und gerader, bis er als leuchtender Pfad am oberen Rand entschwindet. „Der Weg ist das Ziel", murmelt sie und räumt den Platz für Renate.

Die zögert nicht lang, greift in die Schachtel mit den Wachsstiften und beugt sich vor. Über dem Beginn des Weges baut sie einen Tunnel, der sich aus einem massigen Felsen öffnet. Aus seinem schwarzen Schlund streckt sich eine Hand mit zur Schale geformten Fingern dem Licht entgegen. Vera atmet hörbar aus.

Renate nickt bekräftigend und gesellt sich zu Maria und Magda, während sie Jana einen herausfordernden Blick zuwirft. Zögernd nähert sich Jana dem Papier, bleibt davor stehen und nagt an ihrer Unterlippe. Schließlich lässt sie sich auf die Knie nieder, hält die Hände aber im Schoß verschlungen. „Du darfst alle Materialien verwenden, die dich gerade ansprechen", ermuntert Vera sie, und mit einem gequälten Seufzer öffnet Jana die Schachtel mit den Buntstiften. Sie entnimmt ihm zwei Grüntöne und beginnt, den Wegesrand mit Gräsern, Kräutern und Blumen zu bepflanzen. Zarte Pflänzchen sprießen aus offensichtlich trockener Erde, vereinzelt nur und ohne jeden Blütenflor. Mit einem entschuldigenden Lächeln legt sie die Stifte zurück, schließt sorgfältig die Schachtel und erhebt sich.

„Puh!" Katharina steht vor dem Papier, stemmt die Hände in die Taille und legt den Kopf schief. Einen langen Augenblick lang kniet sie, lässt den Blick wandern. Sie streckt die Hand aus, zögert, zieht sie zurück - dann greift auch sie zu Pinsel und Tusche. Weitab von Magdas Weg und Renates Tunnel, ziemlich genau in die Mitte des Bildes, malt sie ein aus klobigen Steinen gemauertes Rund, setzt ihm ein Holzgestell und ein Dach auf und lässt einen Eimer an einem langen Seil in die Tiefe fallen: Ein Brunnen. Von den Innenseiten hängen dunkelgrüne Fäden herab, Moose und Algen schlängeln sich wie die Haare der Medusa, kleine schwarze Klümpchen hängen darin, und der Grund des Brunnens ist mit schwarzglänzendem Schlamm bedeckt. Magda meint, den fauligen Geruch fast schmecken zu können. Der Eimer, verbeult und schäbig, ragt schräg aus dem Moder heraus, und jetzt schnappt Jana hörbar nach Luft, als Katharina eine Gestalt aus dem Eimer kriechen lässt: Zwei Hände klammern sich fest an seinem Rand, während sich vorsichtig ein Gesicht mit angstvoll geweiteten Augen darüber schiebt. „Sag du noch mal, dass du nicht malen kannst", murrt Renate und legt andächtig die Wange in die Hand. „Donnerwetter, das ist deutlich ..."

Einen Augenblick lang scheint sich Ratlosigkeit breit zu machen. Dann tritt Maria vor, kniet sich hin und zieht die Tasche mit den Filzstiften zu sich heran. Ungeduldig öffnet sie sie mit Hilfe der Zähne, schüttet die Stifte vor sich aus und ergreift ein dunkles Braun. Mit schnellen Strichen verlängert sie das Seil des Eimers und führt es über eine dicke Walze zu einer Handkurbel. Die drückt sie einer kräftigen Gestalt in die Hand, einer grünen Gestalt mit leuchtend gelben Haaren und überdimensionierten Oberarmen. In leicht vornüber gebeugter Haltung dreht der Grüne die Kurbel, und wenn ihm der Schweiß auch in dicken Tropfen von der Stirn springt - er gibt nicht auf. „Grün ist die Hoffnung", sagt Maria, als sie lächelnd den Platz für Magda freimacht.

Die nickt zustimmend, greift sich eine ganze Handvoll der von Maria verstreuten Filzstifte und beginnt, Janas dürre Gräser zum Leben zu erwecken: Roter Mohn wächst zwischen ihnen hervor, blaue Kornblumen und weiße Kamille. Je weiter Magdas Hand sich der Hügelkette nähert, desto mehr lösen Büsche die Blumen ab: Ginster in gelb und rot schmiegt sich zu Füßen einer weißstämmigen Birke, und den Hang hinauf dehnt sich dunkelviolett blühendes Heidekraut. Magda ist nicht mehr zu bremsen. Sie lässt die Filzstifte fallen, taucht ihren Pinsel ins Wasser und anschließend in die grüne Tusche und breitet das grüne Gras einer Sommerwiese aus: hell schimmert es auf den Bergkuppen, satt und saftig und immer dunkler werdend umfängt es den steinigen Weg im Vordergrund des Bildes. Nachdem sie noch eine Handvoll Salzkristalle in die nasse Tusche gestreut und so einen unregelmäßigen Hell-Dunkel-Effekt erzielt hat, hält sie inne. Während sie sich die Brille zurück auf die Nase schiebt, malt sie sich eine dicke grüne Strähne ins Haar.

In Katharina macht sich Ungeduld breit. Kaum dass Magda einen Schritt zur Seite macht, kniet sie schon über dem Bild, ergreift den braunen Filzstift und setzt mitten in die Sommerwiese einen Tisch, stellt blaue und weiße Stühle drum herum und beginnt, ihn mit allen Köstlichkeiten zu decken, die ihr gerade in den Sinn kommen: Eine große Schale mit Früchten aller Art prangt dort, Eisbecher mit Sahnehaube und Waffeln, eiine Schokoladentorte und eine riesige Flasche Sekt, Schüsseln voller Fleischbällchen und Hühnerschenkel, eine Suppenterrine, aus der es dampft und eine Sauciere, aus der die braune Bratensoße schon über den Rand herabtropft. „Ich bin Vegetarierin", murmelt Magda, und ohne aufzublicken setzt Katharina einen Deckel auf die Schüssel mit den Hühnerschenkeln. Bevor sie ihren Platz für Jana räumt, lässt sie noch schnell eine Katze sich auf einem der Stühle zusammenrollen.

Endlich hat auch Jana ihre Hemmungen überwunden. Mit geröteten Wangen und dem gewohnten zaghaften Lächeln um den Mund greift auch sie nun zu den kräftigen Farben der Filzstifte. Zuerst zögernd, dann immer entschlossener stellt sie ein Gartenhäuschen rechts hinter Katharinas Brunnen, es scheint sich gemütlich in eine Mulde zwischen Magdas Hügel zu kuscheln. Aus den geöffneten Fenstern wehen zart geblümte Gardinen, auf dem roten Spitzdach thront stolz ein Wetterhahn. Die Tür des Häuschens steht offen, so dass man an der Rückwand ein hellblaues Sofa mit geschwungenen Füßen erkennen kann, von dem eine dunkelblaue Decke gerade herunterzugleiten droht. Aus den Blumenkästen, die auf den Fensterbänken stehen, lassen üppig grünende Pflanzen ihre von blauen und weißen Blüten übersäten Ranken zu Boden fallen. - Mit dem Handrücken wischt Jana sich die Löckchen aus der feuchten Stirn, doch ihre Augen glänzen, als sie jetzt aufsteht und zur Seite tritt.

Noch einmal geht Renate in Stellung. Hoch aufgerichtet kniet sie auf ihren Hacken und lässt den Blick kritisch über das Papier gleiten. Entschlossen ergreift sie den dicksten Pinsel, den Vera mitgebracht hat, mischt im Tuschkasten ein finsteres Grau und setzt eine dicke Regenwolke unter Marias strahlende Sonne. Nach und nach mischt sie immer mehr Weiß in ihr tristes Grau, lässt immer hellere Wolken über den Himmel segeln, bis schließlich nur noch kleine weiße Wattewolken über Magdas Bergen davon schweben. Zufrieden legt sie den Pinsel zurück, wischt die Hände in der Hose ab und steht auf.

Zwar scheint es kaum noch einen freien Fleck zu geben auf dem ganzen großen Bogen, doch noch ist Maria nicht zufrieden. Wie immer staunt Magda über die Geschicklichkeit, die Maria mit ihrer linken Hand entwickelt hat, doch muss sie nun schon fast auf das Papier kriechen, um das, was sie malen will, richtig zu platzieren: Weit in den Hintergrund, zwischen Katharinas Brunnen und Janas Gartenhaus, baut sie eine Treppe, die sich Stufe für Stufe in die Höhe windet, über die Hügel und Berge hinaus, zwischen Renates Wolken hindurch in den Himmel hinein, bis die Stufen immer kleiner und schließlich kaum noch erkennbar den Rand des Bildes erreichen. - „Fertig!", seufzt sie, und andächtiges Schweigen antwortet ihr.

Jana

Der Abend ist mild, im Westen hängt noch der rote Schimmer der untergegangenen Sonne über dem Wald hinterm Stadtsee, als Jana den Wagen vor dem Haus parkt. Der erste Blick gilt wie immer den Fenstern ihres Vaters im ersten Stock, doch die sind geschlossen, auch die Vorhänge sind zugezogen, alles ist still.

Sie mag noch nicht ins Haus gehen. Etwas in ihr wurde heute abend angestoßen, etwas ist in Bewegung gekommen. Jetzt sprechen, erklären oder gar ihren Vater waschen und zu Bett bringen müssen - nein, noch nicht. Sie macht auf dem Absatz kehrt und lenkt ihre Schritte die Straße hinunter in den Park. Die Laternen brennen, über der Nicolai-Kirche ist der Große Wagen gerade erkennbar. Tief atmet sie die Abendluft, die hier am Wallgraben feucht und klamm ist, während sie mit gesenktem Kopf dahin schlendert.

Sie hat tatsächlich das Gartenhaus gemalt. Sie hat es gemalt, genauso, wie es damals zwischen dem Birnbaum und der alten Zwetsche gestanden hat, mit dem hellblauen Sofa darin und den Blumenkästen voller weißer und blauer Winden vor den Fenstern. Es hätte nicht viel gefehlt, und sie hätte noch versucht, ihre Mutter auf dem Sofa zu malen. Dass sie es überhaupt noch so genau erinnert! Schließlich war sie gerade erst acht Jahre alt, als ihre Mutter ihren Koffer nahm und ging, und noch am selben Tag hat ihr Vater das Gartenhäuschen abgerissen. Wie konnte sie das nur vergessen? Sie sieht ihn wieder vor sich, wie er den Hammer schwingt, diesen riesigen Vorschlaghammer, den er wieder und wieder niedersausen lässt, wie er in die Fensterscheiben kracht, wie er das Holz splittern lässt, wie er die Blumenkästen von den Fensterbänken fegt und die Blüten zu unansehnlichem Brei zertritt. Und wie er schreiend und schluchzend auf das Sofa einschlägt! Der Rotz läuft ihm aus der Nase, mischt sich mit Tränen und Spucke und rinnt ihm am Kinn hinab bis zum Hals, während er mit dem Hammer um sich schlägt und tobt, und aus seiner Kehle dringen Laute, wie sie sie nie zuvor gehört hat. Erst viel später wird ihr klar, dass er immer nur ein Wort flüsterte: „Nein! Nein! Nein!" Und als ihn die Kraft verlässt, fällt er auf die Knie, schlägt mit den Fäusten auf das hellblaue Sofa ein und schluchzt röchelnd und wimmernd in den Stoff.

Und gerade als sie, die kleine achtjährige, völlig verängstigte Jana zu ihm gehen und ihn trösten will, gerade als sie den ersten Schritt in Richtung auf seine zuckenden Schultern macht, springt er auf, zerrt ein Feuerzeug aus der Tasche und reißt den Kalender von der Wand. So fahrig ist er, so außer sich, dass sein Daumen immer und immer wieder das Rädchen des Feuerzeugs ratschen lässt, um ihm den ersehnten Funken zu entlocken. Das Geräusch wird sie nie vergessen! Und dann endlich hält er die Flamme unter den Kalender, flucht und stöhnt, und als sie auflodert, sich das Papier hinauf frisst und nach den Fingern verlangt, die es halten, wirft er den brennenden Kalender auf das Sofa, bläst und pustet hinein und lacht irre, als der Stoff Feuer fängt und sich mit einer giftig grünen Stichflamme entzündet.

Eine Nacht blieb er in der Klinik, nachdem die Feuerwehr ihn aus dem brennenden Gartenhaus gezerrt hatte. Als er wieder zurückkam, sprach er kaum noch, sah sie kaum noch, aß kaum noch. Erst als das Jugendamt drohte, ihm seine Tochter zu entziehen, kam er halbwegs zur Besinnung, doch eigentlich nur, um sie für den Verrat seiner Frau büßen zu lassen.

Jana ist an dem alten Wehr stehen geblieben. Gedankenverloren lauscht sie dem Rauschen des Wassers, stützt sich auf dem metallenen Geländer ab und beobachtet aus müden Augen, wie sich das Licht der Laterne in den hüpfenden Tropfen bricht. Fröstelnd zieht sie die Schultern hoch und tritt den Rückweg an. Als sie in den Amselweg einbiegt und sich dem Haus nähert, sieht sie die rhythmischen Lichtzeichen in der Dunkelheit zucken: Die Laxoberal-Zentrale erhält ihren täglichen Bericht.

Magda

Als Magda die Wohnung betritt, die schnurrenden und maunzenden Katzen begrüßt und sich in der Küche ein Glas Wasser einfüllt, wird ihr klar, wie weit ihr Handicap inzwischen von ihr und ihrem Alltag Besitz ergriffen hat. Früher, wenn sie in einer Stimmung war wie gerade jetzt, hätte sie sich die Kopfhörer auf die Ohren gestülpt, sich im Schneidersitz auf dem dicken Teppich vor der Musikanlage niedergelassen, „In a Gadda da Vida" von Iron Butterfly aufgelegt und die Lautstärke voll aufgedreht. Mit geschlossenen Augen hätte sie sich dem Rhythmus überlassen und den Takt auf ihren Oberschenkeln geklopft, bis sie glühten. - Früher, ja. Aber das geht jetzt nicht mehr.

Sie füllt die Futternäpfe der Katzen, gibt ihnen frisches Wasser und geht ins Wohnzimmer. Lange steht sie am Fenster, sieht hinaus auf die bereits erleuchtete Stadt und denkt an das Bild, das sie heute Abend erschaffen haben. Wie dankbar sie Vera war, dass sie es unkommentiert ließ! Beim Anblick all dessen, was das Bild von ihnen wusste, von jeder einzelnen erzählte, hätte sie es als absolut unpassend, ja geradezu als Verrat empfunden, wenn Vera sich bemüßigt gefühlt hätte, die einzelnen Szenen und ihr Anliegen zu deuten. Unwillkürlich nickt sie, als sie Vera wieder vor sich sieht, wie sie die Hände vor der Brust zusammenlegt, sich leicht verneigt und sagt: „Ich danke euch." Mehr nicht.

Magda lässt sich aufs Sofa fallen, zieht einen Fuß hinauf und leert ihr Wasserglas. Sie legt den Kopf zurück ans Polster und drückt Baucis an sich, die ihren Anteil am Futter wohl wieder Philemon überlassen hat und sich stattdessen schnurrend und köpfelnd Magdas Liebkosungen überlässt. ‚Renates Tunnel hätte auch meiner sein können', denkt sie und sieht wieder die Hand vor sich, die sich bittend und bettelnd aus dem finsteren Tunnel dem Licht entgegenstreckt. ,Oder auch Katharinas Brunnen. Irgendwie sitzen wir wohl alle im Dunkeln und warten darauf, ins Licht zurückkehren zu dürfen.' Geistesabwesend drückt sie die Finger aufs Ohr, dann versenkt sie die Nase tief in Baucis' Fell.

Maria

Maria legt die Fleecedecke zusammen und zieht die Strickjacke aus. „Heute ist mir warm, Lieber", lächelt sie zu ihm hinüber, „richtig warm. Das liegt sicher daran, dass ich mich entschlossen habe. Ich habe mich entschlossen, ihnen alles zu erzählen - von dir, von mir, von uns. Ich bin jetzt so weit, und den ersten Schritt habe ich heute Abend bereits getan: Ich habe die Treppe gemalt, Lieber." Sie macht eine Pause und lässt das Bild der Treppe, die sie in den Himmel hat wachsen lassen, vor ihrem geistigen Auge erstehen. „Natürlich nicht genau DIE Treppe, das könnte ich auch gar nicht. Aber eine Treppe, die hinauf in den Himmel führt. Und für einen kurzen Moment hatte ich das Gefühl, dass ich nur den Fuß hätte heben müssen, um auf ihr nach oben steigen zu können ... das war ein schönes Gefühl, Lieber, ein Gefühl von Freiheit. Aber dann dachte ich an Lea, sah sie an ihrem Tisch sitzen und lernen, wie sie sich abrackert und anstrengt, um den Abschluss vor der Zeit zu bekommen. Ich weiß, dass sie das meinetwegen versucht, nicht ihretwegen. Und in dem Moment wurde mir ganz heiß, und ich nahm den Fuß schnell wieder herunter. - Aber nächstes Mal werde ich es ihnen erzählen, Lieber - von dir, von mir, von uns. Jetzt bin ich so weit."

19. April

Kaum hat sie den Raum betreten, da ertönen die „Ah"-
und „Oh"-Rufe, wie sie es erwartet hat. „Du siehst um Jahre
jünger aus!", staunt Katharina, Vera klatscht begeistert in
die Hände und Magda geht langsam um sie herum, betrachtet sie von allen Seiten und nickt anerkennend: „Toll siehst
du aus, Jana - wirklich toll." Auch Renate pfeift anerkennend
durch die Zähne, während Maria über das ganze Gesicht
strahlt. „Ist das der Neuanfang, Jana?", fragt sie leise, und
Jana spürt, wie sie fast ein bisschen rot wird. „Ja, ich glaube
schon", antwortet sie, und ihre Hände fahren wieder hinauf
zu ihrem Kopf, der sich immer noch so ungewohnt kühl anfühlt, weil das Haar nicht mehr fliegt bei jeder Drehung, weil
es so kurz geschnitten ist, und das nun nicht mehr rot ge-
färbt, sondern zu seinem natürlichen Dunkelblond zurückgekehrt ist. „Wunderschön, wie dieser Haarschnitt deine
Gesichtsform betont!", „Wer hat dir diesen genialen Schnitt
verpasst?", „Wann hast du dich dazu durchgerungen?", „Die
Farbe steht dir viel besser ..." Ihre Fragen und Rufe flattern

durcheinander, und Vera sieht aus, als habe Jana gerade einen Striptease hingelegt. „Das hätte ich dir gar nicht zugetraut", sagt sie denn auch mit entwaffnender Offenheit, und Jana weiß nicht, ob sie beleidigt oder geschmeichelt sein soll.

Jana glüht und strahlt immer noch, als sie ihre Plätze einnehmen, die längst zu ihren Stammplätzen geworden sind. Das Blitzlicht ist zur Routine geworden, die Spalten werden zügig und fachkundig ausgefüllt. Um so mehr staunt Renate, als sie bemerkt, wie Magdas Hand ein ganz klein wenig zögert, ein paar Sekunden zu lang über dem Papier schwebt. Doch schon ist der Moment vorbei, und mit ihrer großen, schrägen Schrift nimmt Magda ihre Eintragungen vor und gibt den Block weiter an Maria. Unaufgeregt wie immer schlägt sie die Beine übereinander, verschränkt die Arme vor der Brust und sieht erwartungsvoll zu Vera hinüber.

Die nimmt den Block von Jana entgegen, wirft einen Blick darauf, zögert einen winzigen Augenblick und hebt erstaunt die Brauen. Dann drückt sie die Taste des CD-Players und führt die Gruppe konzentriert wie immer und begleitet vom Rauschen der Wellen auf die Reise durch den Körper.

Als sie zurückkehren, sich recken und strecken und wohlige Laute von sich geben, richtet Katharina sich plötzlich steil auf, schlägt sich mit den flachen Händen auf die Schenkel und sagt: „.... es hat geklappt! Stellt euch vor: Es hat geklappt!"

Ratlose Gesichter wenden sich ihr zu, Vera neigt fragend den Kopf: „Was hat geklappt, Katharina?" „Die Entspannung! Zum ersten Mal überhaupt hat es geklappt: Ich war völlig ruhig, absolut entspannt und ganz weit weg, und ich fühle mich wie neu geboren!" Ihre Augen glänzen, die Wangen sind gerötet, und mit ihrem Lächeln steckt sie die ganze Runde an. „Na", sagt Renate trocken, „jetzt, wo du weißt, wie's geht, brauchen wir uns dann ja keine Sorgen mehr um dich zu machen, was?"

Langsam kehren alle mit ihrer Aufmerksamkeit zu Vera zurück. Die hält den Kopf gebeugt, klopft mit dem Stift auf den Blitzlichtblock und sagt dann: „ ... und ich sehe Ausrufungszeichen, ihr Lieben! In der Spalte ‚Das ist mir Punkt Punkt Punkt wichtig' sehe ich drei Ausrufungszeichen!"

Renate wirft einen kurzen Blick zu Magda hinüber, die jedoch die Augen nicht von Maria lassen kann, die wiederum - erstaunlich genug - auf ihrem Stuhl hin und her rutscht und Vera ein wenig hilfesuchend ansieht. „Ich freue mich, dass du die Kraft zu diesem Schritt aufgebracht hast, Maria, und danke dir für das Vertrauen, das du uns entgegenbringst.

Dein Thema lautet ‚mein Mann und ich', wobei du das offensichtlich noch umformuliert hast, denn wie noch unschwer zu erkennen ist, stand dort anfangs etwas anderes?"

Maria nickt. „Ja, mein Thema heute lautet ‚Mein Mann und ich'. Und ja, anfangs hatte ich es noch ergänzt durch den Krebs, d.h. ich hatte geschrieben ‚Der Krebs, mein Mann und ich', doch dann hab ich gemerkt, dass das nicht mehr gilt. - Aber es ist mir heute wichtig, dieses Thema, sehr wichtig sogar, das ist wahr." Und während ihr Lächeln die Runde macht, stellt Renate wieder voller Bewunderung fest, wie frisch und jung Maria aussieht mit dieser faltenlosen, rosigen Gesichtshaut und den glänzenden Augen, mit denen sie jeden Blick bannt, der dem ihren begegnet.

„Deine Ausrufungszeichen sind die einzigen heute, Maria", sagt Vera, klappt den Block zu und legt ihn zur Seite. „Wenn du also magst ..."

Stille.

Maria hält die kranke, geschwollene rechte Hand in der Linken. Mit einem stillen Lächeln sieht sie darauf nieder, versucht, sie in ihren Schoß zu legen und streicht langsam und nachdenklich darüber hin. Dann hebt sie den Kopf.

„Diese Hand", sagt sie, „gehorcht mir nicht mehr. Sie hilft mir nicht mehr, sie nützt mir nichts mehr. Und doch ist sie immer noch ein Teil von mir. Und da mein Lebensmotto lautet ‚Alles, was geschieht, ist gut für mich', werde ich irgendwann in diesem Leben herausfinden, welche Bedeutung sie für mich hat, was sie mich lehren will. - Das kann noch lange dauern, aber das macht nichts, denn ich habe beschlossen, hundertzwanzig Jahre alt zu werden."

Sie sagt es völlig ernst, und Renate erstirbt das Lachen in der Kehle.

„Die Geschichte, die ich euch erzählen möchte", fährt Maria mit leiser Stimme fort, „beginnt vor einigen Jahren mit einer Umarmung."

Sie hält die Augen auf ihre im Schoß ruhende Hand gerichtet, lächelt leise - und verstummt. Sie sieht sich selbst … sieht sich selbst wieder im Bad stehen an jenem Morgen, an dem die Frühlingsluft dieses blitzblanken Tages leuchtend und flirrend zum geöffneten Fenster hereinströmt, an dem in der Birke vorm Haus die Spatzen tschilpen und eine Taube im Hochzeitstanz gurrt. Was für ein Versprechen! Fast lautlos tritt er ein, folgt lächelnd ihrem Blick hinaus in die Birke, legt seine Arme um sie und wiegt sie sanft. Sie schließt die Augen, lehnt sich an seine breite Brust, spürt sein Herz an ihrer Schulter schlagen. Lautlos summend überlässt sie sich seiner Zärtlichkeit, genießt einmal mehr das wortlose Einverständnis zwischen ihnen. Lächelnd drückt sie den Kopf an seine Schulter, sieht zu ihm auf und atmet seinen Duft.

Die Plötzlichkeit, mit der er erstarrt, innehält in der Bewegung und reglos steht, ohne zu atmen, wie es ihr scheint, spürt sie immer noch wie einen Ruck, der durch ihren Körper geht. Seine Haut auf ihrer ist plötzlich kalt, er schluckt trocken. „Liebling", flüstert er heiser, und nachdem er sich vorsichtig geräuspert hat, noch einmal: „Liebling, da ist etwas ... in deiner Brust ..."

Maria hebt den Blick. Sie spricht leise, als sie sagt: „In dieser Umarmung ertastete mein Mann den Knoten in meiner Brust."

Die Stille im Raum hat keinen Atem, keinen Pulsschlag. Um so unbarmherziger breitet sie sich aus.

„Der Arzt, der mich operierte, und die diensthabende OP-Schwester waren ein Paar, und sie standen beide unter Drogen. So passierte es, dass meine Krankenakte verwechselt wurde. Er hätte eine Biopsie machen sollen, doch er amputierte die Brust. In seinem Rausch war er sehr gründlich, er nahm auch die Lymphdrüsen unter dem Arm noch heraus, und weil er ganz sicher gehen wollte, auch die Gebärmutter und die Eierstöcke. - Als ich irgendwann wieder aufwachte, war ich ..." - sie zögert - „... nicht mehr ich selbst."

Atemlosigkeit. Aus riesigen Augen starrt Jana zu Maria hinüber, beißt auf den hastig zwischen die Zähne geschobenen Zeigefinger. Renate öffnet und schließt den Mund, bringt keinen Ton heraus, während Magda schluckt und tonlos würgt. Abrupt steht Katharina auf und öffnet die Fenster.

„Wir haben geklagt. Ja, von allen Seiten riet man uns zu klagen, und irgendwann ließen wir uns von diesem Wunsch nach Gerechtigkeit, nach Entschädigung für alles Leid, anstecken. Damals wussten wir noch nicht, dass es keine Entschädigung geben kann, sondern nur Vergebung, und so vergeudeten wir kostbare Kraft auf diese Klage."

„Das war vor acht Jahren", fährt Maria fort, als auch Katharina ihren Platz wieder eingenommen hat. Ein sanftes Lächeln ermuntert die Runde, ihr weiterhin zuzuhören und die Flinte nicht ins Korn zu werfen. „Unsere Tochter war gerade elf Jahre alt geworden, sie kam auf dem Gymnasium gut zurecht. Und so war es eigentlich ein guter Zeitpunkt für diese Erkrankung: Mein Mann war gerade befördert worden und saß beruflich fest im Sattel, meine Mutter, eine grundgütige Frau, war von jahrelangem Leiden erlöst und sanft entschlafen, unser neues Haus war eingerichtet und hatte uns wohlwollend aufgenommen und unsere einzige Tochter war ein solcher Sonnenschein - sie machte uns nur Freude, wirklich, nur Freude ..."

Sie lächelt, lächelt der elfjährigen Lea zu, wie sie rennend und hüpfend aus der Schule nach Hause kommt, wie sie sich mit Schwung auf die Arbeitsplatte in der Küche setzt und ihrer Mutter mit leuchtenden Augen, lachend und glucksend, von ihrem Schultag erzählt. Lea, wie sie die langen Beine über den Sattel ihres Fahrrades schwingt, weil es „cool" ist, wie ein Junge aufzusteigen; Lea, wie sie in die tiefsten Tiefen ihres Schrankes vordringt auf der Suche nach ihrem Badeanzug; wie sie den weit über das Buch gebeugten Kopf in die Hand stützt, atemlos auf einer rotblonden Haarsträhne herumkaut und nicht spürt, wie ihr beim Lesen die Tränen über die hochroten Wangen laufen ...

„Lea - ja, es war eine schwere Zeit für sie, denn ich brauchte mehr als zwei Jahre, um mich von all dem zu erholen."

Maria verstummt, ihr Blick verliert sich in der Vergangenheit. Bilder aus finsteren Zeiten ziehen an ihrem geistigen Auge vorbei. Von einem Tag auf den anderen sämtlichen

Symptomen der Wechseljahre ausgesetzt, zieht sie sich ganz in sich selbst zurück. ‚Depression' heißt das Wort, das ihren Zustand jedenfalls annähernd beschreibt. ‚Angst' trifft es eher, Lebensangst, Todesangst, Sterbensangst - Panik. All die Nächte, in denen sie schreiend aus wirren Träumen hochfährt, in denen sie ans Bett ihrer Tochter eilt oder sich wimmernd in die Arme ihres Mannes rettet. Was wäre aus ihr geworden ohne ihn?

Gedankenverloren schüttelt sie den Kopf, dann atmet sie tief durch und hält mit Hilfe der linken Hand ihren rechten Arm in die Höhe. „Und bei der Entfernung der Lymphdrüsen wurde der Arm geschädigt ... aber jedenfalls ist er noch dran." Empörtes Gemurmel folgt diesen Worten, dann fährt sie fort. „Ich danke euch für eure Anteilnahme. Doch ihr würdet euch wundern, was man auch mit nur einer gebrauchsfähigen Hand bzw. einem solchen Handicap noch alles tun kann: Sogar Gartenarbeit mache ich wieder, ich kann umgraben und Äste schneiden - es dauert nur eben alles ein bisschen länger. Das einzige, was ich nicht mehr kann, ist Fahrrad fahren, und das ist sehr schade."

Renate hat sich als erste gefangen. Sie steckt beide Hände in die Taschen ihrer Leinenjacke, doch es entgeht Magda nicht, dass sie sie darin zu Fäusten ballt. Ihre Augen sprühen Funken, und sie klingt eher unwirsch als mitfühlend, als sie jetzt sagt: „Naja, bei der Gartenarbeit zumindest kannst du dir ja Hilfe anfordern. Beete umgraben und Äste schneiden könntest du wohl getrost deinem Mann überlassen, würde ich denken." Jana und Katharina murmeln Zustimmung, doch Maria senkt den Blick. Für einen Augenblick presst sie die Lippen zusammen, und Magda hat fast den Eindruck, als müsse sie weinen, doch da hebt Maria den Blick schon wieder und sagt mit ruhiger Stimme: „Mein Mann ist im Sommer vor zwei Jahren gestorben."

„Nein!" Jana schlägt die Hand vor den Mund und stöhnt auf. Renate und Magda sind hochgefahren, völlig erstarrt und sprachlos sitzen sie da, und Katharina springt auf, um die Fenster zu öffnen, setzt sich jedoch sofort wieder, bewegt lautlos die Lippen und kann nicht aufhören, den Kopf zu schütteln. Sie greift nach ihrer Tasche und zerrt eine Packung Taschentücher hervor, Renate verteilt vorsorglich Traubenzucker. Magda greift hinter sich und zerrt ihre Jacke von der Stuhllehne, ihr ist plötzlich schrecklich kalt. Auch Vera wickelt sich fest in ihren grauen Strickmantel. Alle Blicke sind starr auf Maria gerichtet, von deren Gesicht das sanfte Lächeln nicht gewichen ist.

Wie schon ungezählte Male vorher durchlebt sie wieder diesen Abend im Juli. Es hatte den ganzen Tag eine unerträgliche Hitze geherrscht, feucht und schwül hatte sie an der Stadt geklebt. In den frühen Abendstunden war das Gewitter über sie hereingebrochen, doch die erhoffte Abkühlung war ausgeblieben: Stattdessen stiegen dampfende Dunstschwaden in die herannahende Nacht, und es regte sich kein Lüftchen. Das Atmen fiel schwer, und die kleinste Bewegung ließ ihnen den Schweiß aus allen Poren treten.

Es war kurz vor Mitternacht, gerade war sie mit dem Krug in die Küche gegangen, um neues Eiswasser zu holen, als sie das dumpfe Poltern hörte. Noch ehe sie bei ihm war, hatte sie es gewusst: Er lag auf dem Treppenabsatz, eine Hand am Geländer und eine am Hals, hatte den Kopf verdreht und die Augen halb geschlossen, und als sie ihn rief, antwortete er nicht. Sie kniete sich nieder, nahm seinen Kopf in den Schoß und fühlte seinen Puls: Nichts. Doch - ganz flach, flatternd, unregelmäßig und in großen Abständen fühlte sie das schwache Pochen im Wechsel mit mächtigen Schlägen. Vorsichtig legte sie seinen Kopf zurück, war mit drei Schritten beim Telefon und rief den Rettungswagen.

Bevor sie zu ihm zurück eilte, öffnete sie die Haustür weit und schaltete das Außenlicht ein.

Es dauerte keine zehn Minuten, bis der Notarzt eintraf, doch es schienen ihr Ewigkeiten zu vergehen. Schnell waren sie an seiner Seite, bedeuteten ihr, ihnen Platz zu machen und öffneten sein Hemd. Sie kann heute noch nicht sagen, wie sie zurück ins Wohnzimmer gelangte, doch sie sieht sich dort sitzen, auf seinem Platz, auf der vordersten Kante des Sessels, sieht, wie sie mit der linken die rechte Hand massiert, wie sie leise vor und zurück schaukelt und die Augen fest geschlossen hält.

Erst viel später ist ihr bewusst geworden, dass das Geräusch, das sie vernahm und das das Gemurmel der Männer in regelmäßigen Abständen durchbrach, vom Defibrillator stammte, mit dem sie versuchten, sein Leben zu retten, doch in diesen Minuten des Abschieds nahm sie nichts wahr als die Zwiesprache mit ihm. Sie sah, dass er sich bereits von seinem Körper befreit hatte, sah, wie er schwankte zwischen dem Weg ins Licht und der Rückkehr zu ihr und ihrem Leben, und sie spürte seine Sehnsucht, sich zu lösen und zu entfliehen, in jeder Faser ihres Ichs. In diesem Augenblick brandete die Liebe zu ihm in ihr auf wie die Lava in einem Vulkan, und obwohl ihr im selben Moment bewusst war, wie schwer ihr Dasein ohne ihn sein würde, flüsterte ihr Innerstes ihm zu: „Wenn du gehen musst, Lieber, geh - ich halte dich nicht. Ich liebe dich, du bist frei ..."

Sie trugen ihn an ihr vorbei zum Rettungswagen. Sie könnten sie leider nicht mitnehmen, erklärte ihr der Arzt, doch er werde ihr ein Taxi schicken. Er werde dafür sorgen, dass sie in der Notaufnahme gleich zu ihm geführt werde, sie solle sich nicht ängstigen.

Er war sehr freundlich, sehr mitfühlend, doch sie ängstigte sich gar nicht. Sie wusste, dass er gegangen sein würde, ehe sie das Krankenhaus erreichten, und so blieb sie sitzen, wo sie war, hielt die Augen geschlossen und nahm still und in Frieden Abschied von ihm. -

Jetzt hebt Maria den Blick, die blassblauen Augen schimmern wie von innen erleuchtet. „Ja, Herzversagen", sagt sie, und ihre zarte Stimme zittert nicht einmal. „Und zwei Tage nach seinem Tod bekam ich Post vom Oberlandesgericht: Unsere Klage war endgültig abgewiesen worden. Und wieder bewahrheitete sich der Satz ‚Alles, was geschieht, ist gut für mich', denn stellt euch vor, der Brief wäre eher eingetroffen und mein Mann hätte ihn noch lesen können: Womöglich hätte er den Infarkt dabei erlitten! Ich hätte in dem Bewusstsein weiterleben müssen, dass meine Krankheit und alles, was daraus resultierte, im Endeffekt **ihn** das Leben gekostet hätte."

Doch dass er schon wenige Tage nach der Beisetzung seiner sterblichen Hülle aus seinem neuen Sein zu ihr zurückgekehrt ist, behält sie für sich.

Magda

Die Vorstellung, jetzt nach Hause zu fahren und sich zu den Katzen aufs Sofa zu setzen, ist furchtbar. Sie kann jetzt nicht allein sein. Sie hat Maria zum Abschied umarmt und insgeheim gehofft, sie würde sie zum Bleiben auffordern, doch Marias Haltung war freundlich-gelassen wie immer, sie machte keine Anstalten, irgendjemanden aus der Gruppe zurückhalten zu wollen.

Nun sitzt Magda in ihrem Wagen, hält unschlüssig den Sicherheitsgurt in Händen und beobachtet, wie die Dunkelheit zwischen den Bäumen hervorgekrochen kommt. ‚Malte', denkt sie, und ihr Innerstes zieht sich schmerzhaft zusammen. Im selben Augenblick meint sie, seinen Duft zu atmen, seine Bartstoppeln an ihrer Haut, seinen Arm um ihre Schultern zu spüren und wie es sich anfühlt, wenn sich seine Hände warm und trocken um ihr Gesicht legen, und ohne noch eine Sekunde zu zögern, startet sie den Wagen und lenkt ihn durch die schon fast ausgestorbenen, regennass glänzenden Straßen aus der Stadt hinaus.

Es ist Monate her, dass sie sich selbst das Versprechen abgenommen hat, sich nie, nie, niemals soweit zu erniedrigen, dass sie vor seinem Haus Posten beziehen und ihn ausspionieren würde. Nein, so groß kann die Sehnsucht gar nicht werden, hat sie gedacht, sich ihr Buch geschnappt und die Füße aufs Sofa gezogen. Und jetzt biegt sie in seine Straße ein, lässt den Wagen ausrollen und schaltet die Scheinwerfer aus, während sie sich den Hals verrenkt, um zu seinen in die Dunkelheit blinzelnden Fenstern hinaufzuspähen.

Die Vorhänge hat er - typisch Malte - sehr nachlässig zugezogen, an jedem Fenster lassen sie mindestens handbreite Spalten frei. Hinter dem mittleren Fenster scheint sein Wohnzimmer zu liegen, denn das unregelmäßige, bläuliche Flimmern lässt sie dort den Fernseher vermuten. Links vom Wohnzimmer befindet sich wohl das Schlafzimmer, dort brennt kein Licht, doch die Tür zum Flur ist offensichtlich - auch typisch Malte - nur angelehnt: Sie kann deutlich erkennen, dass von dort ein schmaler Lichtstreif in das Zimmer fällt. Ganz rechts muss die Küche sein, dort gibt es überhaupt keine Gardinen, und Magda erkennt Regale zwischen zwei kleinen Oberschränken und Maltes heißgeliebten TSV-Wimpel, den er wie immer zwischen seine Kochbücher gesteckt hat.

Eine ganze Weile sitzt Magda da, starrt hinauf aus ihrem dunklen Auto zu seinen Fenstern, die sie mit ihrem warmen Licht zu locken und einzuladen scheinen. Kopfschüttelnd seufzt sie auf, fährt mit beiden Händen übers Gesicht und schimpft sich eine blöde Kuh, während gleichzeitig die klammen Finger ihrer rechten Hand bereits nach dem Zündschlüssel und die der linken nach dem Türgriff tasten. Mit klopfendem Herzen lässt sie den Blick noch einmal die Hauswand hinauf zu seinen Fenstern wandern ... und schlägt mit einem erstickten Aufschrei die Hand vor den Mund.

Hinter den durchscheinenden Wohnzimmergardinen nimmt Maltes markante Silhouette gerade einer großen, schlanken Frau den Mantel ab, legt ihr beide Hände auf die Schultern und beugt sich herab, um sie zu küssen.

Mit quietschenden Reifen schießt Magdas Wagen aus der Parklücke, schleudert um die Kurve und verschwindet in der Nacht.

Katharina

Leise schließt Katharina die Etagentür hinter sich, hängt den Schlüssel ans Brett und den Mantel an die Garderobe, und ohne sich zu bücken, zieht sie die Schuhe aus und schiebt sie unter das Bord. Wie immer beim Eintritt in die Wohnung ist sie erschrocken über den Geruch, der ihr entgegenschlägt: Es ist der Geruch von Krankheit, von Kummer und Leid.

Auf Strümpfen pirscht sie sich an und späht vorsichtig in sein Zimmer: Im schwachen Schein der Nachtlampe liest Schwester Ruth ihr Buch, Rudi in seinem Bett hat den Kopf zur Wand gedreht, er atmet ruhig und regelmäßig. „Sie verderben sich noch die Augen", tadelt Katharina leise, wie sie es jedes Mal tut, wenn sie Schwester Ruth in dieser gebeugten Haltung vorfindet. Die aber lächelt nur, klappt geräuschlos ihr Buch zu und steht auf. Sie tritt zu Katharina auf den Flur, zieht die Zimmertür heran und flüstert: „Alles in Ordnung, Frau Hartung - er hat seinen Tee getrunken, war noch einmal auf der Pfanne und hat die Nachrichten gesehen. Jetzt schläft er seit einer guten Stunde." Katharina nickt dankbar, holt ihr Portemonnaie aus der Handtasche an der Garderobe und drückt Schwester Ruth einen Schein in die Hand. „Bis nächste Woche?", fragt sie. „Bis nächste Woche - selbe Stelle, selbe Welle." Dann schließt sich die Tür, und Katharina ist allein.

„Du bist nicht allein", raunt eine Stimme in ihr, während sie im Schuhschrank nach ihren Hausschuhen sucht. „Dein Mann ist hier bei dir." ‚Ist er das?‘, denkt sie, schiebt die Tür zu seinem Zimmer wieder ein Stückchen auf und geht weiter ins Wohnzimmer. ‚Ist das wirklich noch mein Mann, der hier bei mir ist?‘ Sie lässt sich in ihren Sessel fallen und greift nach einem Stück Schokolade, das auf dem Teetisch liegt, legt es jedoch kopfschüttelnd wieder zurück. Ihr Blick wandert zu den Fotos in der Schrankwand, zu den Erinnerungen aus einem ungewöhnlichen Eheleben: Als Kapitän auf großer Fahrt war Rudi oft monatelang unterwegs, es gab Jahre, in denen er acht von zwölf Monaten auf den Weltmeeren verbrachte.

Manchmal hatte sie ihn begleiten können, mehrmals sogar mit den Kindern, aber oft genug waren sie auf Email, Telefon und Norddeich-Radio angewiesen, denn Skype gab es zu ihrer Zeit noch nicht. Und wenn er dann zuhause war, für zwei, drei oder vielleicht sogar vier Monate, dann herrschte der Ausnahmezustand, dann waren sie in Ferienstimmung, einander zugewandt und umeinander bemüht, und wenn ihr Zusammenleben drohte, in Normalität oder gar Routine zu versinken, kam die nächste Heuer und Rudi stach wieder in See, und die alles verzehrende Sehnsucht nacheinander füllte den Alltag wieder aus.

Wie oft war sie von ihrer Schwester bedauert und bemitleidet worden, weil sie ihr Leben als allein erziehende Mutter lebte, die Verantwortung, Sorge und Belastung nicht teilen konnte. Nie hatte sie ihr klar machen können, dass all das nur die eine Seite der Medaille war, dass sie dafür mit nie versiegender, knisternder Spannung, liebevoller Aufmerksamkeit und ständiger Erneuerung ihrer Liebe belohnt wurden.

Und nun, da Rudi endgültig vor Anker gegangen war, da sie von gemeinsamen Reisen und einem ganz normalen Zusammenleben geträumt hatten, da machte ihnen das Schicksal einen Strich durch die Rechnung. ‚Schicksal!‘, denkt Katharina und zischt verächtlich durch die fest zusammengepressten Lippen. ‚Wer glaubt denn an so was?‘ Doch das Bedürfnis, irgendwen oder irgendwas für all das Elend, das so plötzlich über sie hereingebrochen ist, verantwortlich zu machen, irgendjemandem die Schuld daran zu geben, nagt an ihr, und es fällt ihr kein anderer als das Schicksal ein.

Katharina kauert in ihrem Sessel, ihr ist kalt und sie fühlt sich verlassen. Sie denkt an Maria und versucht sich vorzustellen, wie es wäre, wenn ihre Wohnung jetzt genauso leer wäre wie Marias Haus. In Gedanken läuft sie durch die Wohnung, reißt jedes Fenster auf, lässt Licht und Luft herein, schaltet das Radio ein und dreht es auf volle Lautstärke, um dann mit fliegenden Röcken und weit ausgebreiteten Armen tanzend durch die Zimmer zu wirbeln. Im nächsten Moment schon packt sie das schlechte Gewissen, und Schuldgefühle treiben sie an Rudis Bett. Den Kopf in die

Hand gestützt, lässt sie den Blick auf seinem Gesicht ruhen. Doch erst, als das Bild zu verschwimmen beginnt, kann sie in den eingefallenen Wangen, in den herabgezogenen Mundwinkeln und den Schlupflidern unter buschigen Brauen ihren Mann erkennen, ihren Mann, der das Leben genauso liebte wie seine Frau. Ja, ein bisschen von diesem Mann ist noch da ... manchmal ....

Renate

Mit dem Fuß stößt Renate die Wohnungstür hinter sich zu, lässt ihre Tasche fallen und wirft die Jacke achtlos über den Schirmständer. Am scheppernden Geräusch erkennt sie, dass sie die Schlüssel neben die Schale geworfen hat, doch es ist ihr egal. Sie kickt die Schuhe von den Füßen, schleudert sie in die Ecke und geht schnurstracks zum Kühlschrank. In der Tür steht noch ein halbes Bier, das ist genau das, was sie jetzt braucht. Es brodelt in ihr, sie ist geladen, und was das schlimmste ist: Sie weiß nicht, wieso. Sie ist einfach nur sauer, ach, was heißt sauer, stinksauer ist sie, wütend, ja, sie ist wütend, sie platzt gleich vor Wut!

‚So eine Ungerechtigkeit!', murmelt sie. ‚Ausgerechnet Maria! Wenn jemand einen glücklichen Lebensabend verdient hat, dann ja wohl sie! Und was ist? Nehmen sie ihr noch den Mann ... erst die Brust, dann den Arm, dann den Mann ... klar, haut ihr die Schaufel doch ruhig drauf, mit ihr könnt ihr's ja machen, was?'

Sie weiß selbst nicht, wem ihre Tirade eigentlich gilt, irgendwelchen Institutionen, die man wohl als übergeordnet einstufen muss, gegen die man als Normalsterblicher nicht ankommt und an die sie im Grunde doch überhaupt nicht glaubt. Aber das ist es ja, was sie so wütend macht: Sie glaubt nicht an eine höhere Macht, aber sie fühlt sich ihr unterworfen. Und sie sieht, dass selbst Menschen wie Maria, die immer und überall an allem und jedem nur das Gute sehen, diesen Mächten und ihren Machenschaften ausgeliefert sind, und das macht Renate wütend, oh, so unglaublich wütend macht sie das ...

Sie hat die Füße auf den kleinen Couchtisch gelegt und starrt vor sich hin. Da sie die Vorhänge nicht zugezogen hat, sieht sie ihr Spiegelbild in der großen Scheibe, sieht sich selbst ins Auge, gnadenlos und ohne zu blinzeln. Sie mustert die vom Wind zerstrubbelten Haare, die zusammengekniffenen Augen mit den steilen Falten an der Nasenwurzel. Auch die Falten auf der Oberlippe über den trotzig geschürzten Lippen entgehen ihr nicht. ‚Nimm's Kinn hoch ... alle beide!', hört sie ihren Mann lachen, und ein schiefes Grinsen ihres Spiegelbildes ist die Antwort. ‚Ich muss zum Frisör', denkt sie, wischt diesen Gedanken aber sofort beiseite, als ihr Maria wieder einfällt, Maria, wie sie leise und verhalten vom Tod ihres Mannes erzählt.

Verständnislos schüttelt Renate den Kopf. Wie kann ein Mensch in einer solchen Situation derartig schicksalsergeben reagieren? Da wird das Urvertrauen des Menschen erschüttert, mit Füßen getreten, da wird ihm das Fundament, auf dem er gebaut hat, entrissen, da wird er zum Spielball irgendwelcher dunklen Mächte gemacht, hilflos taumelt er ins Unglück ... da muss sich doch alles in einem aufbäumen, da muss doch der Lebenswille rebellieren, die Wut sich Bahn brechen ...

Renate ringt nach Atem. Sie weiß, dass sie sich nicht so aufregen darf, aber der Gedanke daran, wie übel man Maria mitgespielt hat, was alles ihr entrissen wurde, raubt ihr die

Luft. Mit fahrigen Bewegungen durchwühlt sie ihre Handtasche, findet ihr Asthma-Spray und atmet tief durch. Mit einem Seufzer lässt sie sich aufs Sofa fallen, greift nach ihrem Bierglas und trinkt in kleinen Schlucken.

‚Was ist denn nun besser?' Endlich ist sie in der Lage, die Revolution in ihrem Inneren in Worte zu kleiden. ‚Was ist leichter: Den Mann durch Tod oder durch Scheidung zu verlieren?'

Wieder sieht sie Marias weiches, mädchenhaftes Gesicht vor sich, wie dieses wehmütige, zärtliche Lächeln den Mantel der Sehnsucht und der Liebe darüber breitet. Und wieder sieht sie sich selbst, gespiegelt in der schwarzen Scheibe ihres Wohnzimmers, wie die Bitterkeit sich in die Linien um ihren Mund eingegraben hat, wie die Sorgen, der Kummer und die Einsamkeit der letzten Jahre sie gebeugt und ausgezehrt haben, und während sie ihrem Spiegelbild fest in die Augen sieht, lässt sie die Tränen kommen, lässt sie aufsteigen und in den Augen brennen, lässt sie überquellen und herabstürzen und schmeckt ihr Salz, als sie sich in den Mundwinkeln sammeln. Sie weint. Endlich. Sie wusste, dass der Tag kommen würde, der Tag, an dem die Schleusen sich öffnen, und nun ist es soweit. Aus ihrer Handtasche zerrt sie die Packung Papiertaschentücher, dann legt sie sich aufs Sofa und weint lautlos in die Kissen.

26. April

„Ihr Lieben", sagt Vera, und ihre Stimme klingt ungewohnt weich, „heute ist unser letzter gemeinsamer Abend."
Bedeutungsvoll sieht sie jedem ihrer „Mädels" in die Augen,
registriert klare Blicke und bedächtiges Nicken, und versenkt die Hände tief in den Taschen ihres grauen Strickmantels. Aus ihrem Haargummi am Hinterkopf haben sich
bereits wieder einige Strähnen gelöst, die sich an ihren
Schläfen kringeln und nun unwirsch hinter die Ohren gestrichen werden. Auf ihren Wangen zeigen sich die ersten roten Flecken.

Sie richtet sich zu voller Größe auf und lächelt ihr tapfers-
tes Lächeln. „Zur Feier des Tages habe ich uns eine Klei-
nigkeit mitgebracht", sagt sie und stellt eine Schüssel mit
Nüssen und Trockenfrüchten in die Mitte des Stuhlkreises.
„Ich auch!", sagt Katharina und stellt einen Teller mit Käsebroten dazu. „Ich auch!", lacht Maria und vervollständigt das
Buffet mit getrockneten Tomaten und Oliven, während Jana
ein großes Glas voller Salzstangen dazustellt. Magda und

Renate sehen sich schuldbewusst an. „Äh … tut mir leid", sagt Renate, „an so was hab ich, ehrlich gesagt, überhaupt nicht gedacht …" „Ich auch nicht", fügt Magda kleinlaut hinzu, und beide sehen tatsächlich ein bisschen unglücklich aus.

„Aber ich bitte euch, das ist doch überhaupt kein Problem", flötet Vera, und Magda hat einen kurzen Moment lang das Gefühl, als schwinge so etwas wie Triumph in ihrer Stimme mit. „Schließlich hatten wir doch nichts verabredet … also macht euch keine Gedanken, ihr Zwei!"

‚Okay, mach ich mir mal keine Gedanken', denkt Renate und angelt sich eine getrocknete Tomate, während Vera sich genüsslich bei den Käsebroten bedient. Auch Jana und Katharina greifen zu, während Magda ausgiebig ihre Brille putzt. Maria beobachtet gespannt, wie Magdas Aura die Farbe wechselt, und mit einem zittrigen Gefühl im Magen wappnet sie sich für das, was ihnen der heutige Abend bringen wird.

„Okay", sagt Magda unvermittelt, und ihre Stimme klingt rau und belegt. „Da dies unser letzter Abend ist, ist dies wohl auch meine letzte Chance, mit euch zu reden, nehme ich an … denn wer weiß, ob wir uns anschließend noch mal wiedersehen?"

Ihre Worte haben einen sofortigen Kaustopp zur Folge, und mechanisch greift Vera zum Blitzlichtblock. Als sie Anstalten macht, ihn Magda hinüber zu reichen, schütteln Maria und Katharina gleichzeitig den Kopf, und mit einem leisen Klatschen lässt Vera den Block neben ihrem Stuhl auf den Boden fallen.

„Möchtet ihr vorher eine Entspannung?", fragt sie, doch Magdas entschlossene Unruhe hat ihre Frage schon im Vorhinein beantwortet. „Lieber nachher", sagt Katharina denn auch, und Magda nickt mechanisch. - Alle Aufmerksamkeit wendet sich ihr zu, jedes Geräusch verstummt, wohlwollendes Schweigen breitet sich aus.

„Es fällt mir schwer zu reden", beginnt Magda und räuspert sich noch einmal ausgiebig, und Renate sieht zu ihrem Erstaunen, wie sie die Hände haltsuchend unter ihre Oberschenkel schiebt. „Bei uns zu Hause hieß es immer ‚Reden ist Silber, Schweigen ist Gold', und dementsprechend wenig wurde bei uns geredet. - Gesprochen wurde viel, klar - bei jeder Mahlzeit, am Telefon, über Gott und Lotte und Hans und Franz … aber ‚geredet' im Sinne von ‚sich mitteilen' - nein, das war nicht üblich bei uns zuhause." Sie schweigt einen Augenblick und starrt versonnen vor sich hin. „Und wahrscheinlich ist es das, dieses ungeschriebene Gesetz des Stillschweigens, des ‚Alles-mit-sich-selbst-Abmachens', das in unserer Familie regiert, das mich letztendlich krank gemacht hat."

Sie macht eine Pause, in der sie tief durchatmet und Renate sich wundert, dass Magda sich als ‚krank' bezeichnet. Ausgerechnet Magda, diese coole Frau mit dem Durchblick, soll krank sein?

„Anfang Januar hatte ich den 9. Hörsturz", beginnt Magda. „Den neunten Hörsturz in sechs Monaten. Danach habe ich aufgehört zu zählen." Pause. „Ein Hörsturz ist so etwas wie ein Infarkt im Ohr, das heißt, die Durchblutung bricht zusammen, Kapillaren sterben ab, Hörverlust und Tinnitus sind die Folgen." Magdas Hände bewegen sich in Richtung auf ihre Ohren, verharren auf halbem Wege und fallen zurück in ihren Schoß. „Bei mir hatten sie einen Hörverlust im Hochtonbereich zur Folge - glücklicherweise immer nur für kurze Zeit." Pause.

„Ein Ausfall des Hörvermögens im Hochtonbereich bedeutet, dass man den Tieftonbereich umso deutlicher registriert, sozusagen ungebremst und ungefiltert. Alles, was sich in dem Bereich bewegt, so zum Beispiel ein Lkw, eine sonore Männerstimme, eine Schiffssirene, Hundeknurren, das Fauchen einer Katze ... solche Laute hört man überdeutlich, geradezu schmerzhaft deutlich als Vibration im Kopf, der mit Watte ausgepolstert zu sein scheint. Der eingehende Schall wird von den Schädelwänden hin und her geworfen und scheint sich dabei aufzubauen, zu vervielfältigen und immer lauter zu werden ... es ist eine Tortur. Und irgendwann sitzt du nur noch da, hältst dir die Ohren zu und japst nach Luft, weil du dich fragst, warum du nicht schon längst mit dem Kopf gegen die Wand gerannt bist und diesem Elend ein Ende bereitet hast, doch je mehr du dir die Ohren zuhältst, desto lauter wird der Lärm im Kopf."

Marias Miene drückt uneingeschränktes Mitgefühl aus, Jana hat sich bereits wieder den Zeigefinger zwischen die Zähne geklemmt und Renate stöhnt mit vor der Brust verschränkten Armen auf.

„Die Ursache dafür ist oft psychisch, bei mir war es das jedenfalls. Und auch wenn man versucht, mit Blut verdünnenden Medikamenten, mit Cortison und allem möglichen anderen Kram zu behandeln, hilft bei mir letztendlich nur Entspannung, Tiefenentspannung, und das auch nur manchmal. - Meine Ärztin hat mir geraten, mir gleichgesinnte Gesprächspartner zu suchen, eine Gruppe, in der man reden und zuhören und schweigen kann, und deshalb bin ich hier."

Aus dem Augenwinkel sieht sie, wie Vera sich aufrichtet und mit einer schnellen Handbewegung das Lächeln aus ihrem Gesicht wischt.

„Um gleich auf den Punkt zu kommen", beginnt Magda von neuem, und jetzt zieht sie die Hände unter den Oberschenkeln hervor und ein Taschentuch aus der Hosentasche, „ich bin hier, weil ich mit meiner Trauer nicht umgehen kann. -

Vor ungefähr eineinhalb Jahren, im August, hatte meine Schwester Lena einen Unfall. Sie war mit dem Fahrrad unterwegs, ein Lkw nahm ihr die Vorfahrt, erwischte ihr Hinterrad und schleifte sie fast zweihundert Meter weit mit. Obwohl sie einen Helm trug, waren die Kopfverletzungen so massiv, dass sie nicht wieder aufwachte. Fünf Monate lag sie im Wachkoma, dann trat Multiorganversagen ein und sie durfte gehen - endlich. Sie hinterließ ihren Mann Tobias und ihre Kinder Charlotte und Dennis, 13 und 11 Jahre alt ... und mich.

Wir sind eineiige Zwillinge, Lena und ich, ich bin 12 Minuten älter als sie. Und was auch immer ihr über die Übereinstimmung zwischen eineiigen Zwillingen gehört habt - es stimmt. Ich brauchte nicht an ihrem Bett zu sitzen, um zu wissen, wie es um sie stand. Wenn ich spürte, wie ihr Geist sich an die Oberfläche kämpfte oder wie ihre Seele auf Reisen ging, war ich an ihrer Seite; wenn ihre Beine krampften oder es sie an der Nase juckte, wusste ich, was zu tun war; wenn die Sehnsucht nach ihren Kindern die Tränen aus ihren starren Augen laufen ließ, rief ich die beiden zu ihr; als sie spürte, dass sie bald gehen würde, ließ sie es auch mich spüren, und wir alle waren bei ihr, als es soweit war."

Magdas Stimme ist immer leiser geworden, Renate hat sich weit vorgebeugt, um sie verstehen zu können. Jetzt entfaltet sie ihr Taschentuch, schneuzt sich energisch und richtet sich auf.

„Ich lebte damals seit ungefähr fünf Jahren mit Malte zusammen. Lena hatte uns zusammengeführt, und bis ich ihn kennenlernte, wusste ich nicht, dass es solche Gefühle überhaupt gibt ... diese aufbrandende, lichtdurchflutete Wärme, die jede Zelle in dir vibrieren lässt, deren Pulsieren du spürst, wann immer sein Bild vor deinem inneren Auge ersteht ... die dich schlagartig ausfüllt von den Haarspitzen bis zu den Zehennägeln, sobald ein Duft deine Nase streichelt, die seinem Duft gleicht, sobald eine Musik erklingt, die seinem Lied gleicht ... Ach, was red ich, ihr alle wisst schließlich, wie es sich anfühlt, wenn man verliebt ist. Und Malte ist ... war ... ist die Liebe meines Lebens, und als Lena verunglückte, hatten wir gerade beschlossen, endlich zu heiraten."

Mit einem schiefen Lächeln sieht sie auf, zuckt die Schultern und legt die Hände im Schoß zusammen. „Stattdessen haben wir uns vor fünf Monaten getrennt."

Jetzt springt Katharina auf, öffnet die Fenster und sagt: „`tschuldigung, aber ich brauche ganz dringend mal Luft! Ich mach sie sofort wieder zu, ja?" Ein fünffaches Lächeln antwortet ihr, inzwischen sind sie sich so vertraut, dass sie um Katharinas unwiderstehliches Bedürfnis nach frischer Luft wissen.

„Am Abend seines Auszugs hatte ich den ersten Hörsturz", fährt Magda fort, als Katharina die Fenster wieder geschlossen und Platz genommen hat. „In dem Augenblick, in dem ich ihm vom Fenster aus zusah, wie er da unten auf dem Parkplatz vorm Haus seine Taschen, Koffer und Kisten im Wagen verstaute, setzte das Brummen ein.

Heute weiß ich, dass Malte eigentlich nichts anderes übrig blieb, als auszuziehen. Immer wieder hat er versucht, mich wachzurütteln und mir klarzumachen, was all das für ihn bedeutete, aber ich hab es nicht verstanden. Ich fand ihn gefühllos, egoistisch, kaltherzig ... ich weiß nicht, was ich ihm noch alles vorwarf. Dabei hatte er nur versucht, mich vor dem zu beschützen, was unweigerlich passieren musste: Eines Tages warf Tobias mich raus."

„Nein!" Wieder schlägt Jana die Hand vor den Mund und beißt in ihren Zeigefinger, um nicht ausfallend zu werden. „Er warf dich raus?" Unverständnis und Empörung spiegeln sich auch auf den Gesichtern der anderen, und Magda wickelt sich fest in ihre Jacke, als sie jetzt fortfährt: „Natürlich habe nicht nur ich mich nach Lenas Tod um ihre Familie gekümmert. Meine Eltern waren für ihre Kinder da, wann immer sie gebraucht wurden, auch ihre Freunde und Bekannten boten Hilfe an und luden die drei ein - wie das anfangs eben immer so läuft.

Tobias wollte von all dem nichts wissen, er wollte in Ruhe trauern und Abschied nehmen können, genau wie ich. Und natürlich hatte ich schon immer ein besonders inniges Verhältnis zu Charlotte und Dennis, wir verstanden uns wunderbar und ohne Worte, und für mich war es selbstverständlich, dass ich für sie da war, wann immer sie mich brauchten, dass ich für sie sorgte und versuchte, die Lücke zu füllen, die Lena hinterlassen hatte.

Ich verstand nicht, dass es genau das war, wovor Malte mich warnte. Ich warf ihm Eifersucht vor und Kleinkrämerei, wenn er zu bedenken gab, welchen Platz im Leben der Drei ich da besetzte. Ja, ich nahm es sogar als Kompliment, als Dennis mich eines Tages ganz spontan mit ‚Mama' ansprach ... dabei war genau das der Anfang vom Ende."

Sie sieht sich in der Küche am Kühlschrank stehen, wie sie die Einkäufe einräumt und die Vorräte kontrolliert, sieht Dennis am Tisch sitzen und einen Riesenbecher Joghurt auslöffeln, und sie sieht Tobias, wie er im Gehen zu versteinern scheint in dem Moment, in dem Dennis ihre Frage beantwortet und ihm das vertraute ‚Mama' entschlüpft. Auf halbem Wege zum Mund schwebt der Löffel vor Dennis Brust, nie wird sie vergessen, wie der rosa Joghurt zurück in den Becher tropft ... ganz langsam, zäh und lautlos. Ihr Lächeln in den Mundwinkeln schmerzt, als sie den Schrecken in den Augen des Jungen erkennt, das Entsetzen über seinen Verrat, der ihn in seine Träume begleiten wird. Und noch mehr schmerzt die Wut in Tobias' Augen, als er sich jetzt umdreht zu ihr, als sein Blick hin und her schwankt zwischen seinem Sohn und ihr, als sie auch in ihm das Erwachen erkennt, das Erwachen aus einer Illusion, in die sie sie alle eingehüllt hat.

„Ich möchte nicht, dass du noch weiter zu uns kommst", hatte Tobias gesagt, als sie das Abendessen vorbereitet und die Küchentür hinter sich geschlossen hat. „Ich kann es einfach nicht mehr ertragen … und die Kinder auch nicht." Er stand am Fenster, mit dem Rücken zu ihr, die Hände tief in den Taschen vergraben. „Ich weiß, du meinst es gut, Magda, aber …." Seine Stimme kratzt, sie hört das Schluchzen, das er unterdrückt, ist versucht zu ihm zu gehen und ihn in den Arm zu nehmen, mit ihm zu weinen und mit ihm zu trauern, doch da fährt er herum, starrt sie an aus Augen, die rot gerändert sind und Funken sprühen, und als er die Hände aus den Taschen reißt und wild herumfuchtelt, weicht sie unwillkürlich einen Schritt zurück.

„Merkst du denn nicht, was du uns antust? Kannst du dir denn nicht vorstellen, wie es ist für uns? Wie du alle unsere Wunden immer wieder aufreißt, wenn du kommst?" Sie steht mit dem Rücken an der Wand, ihre Handflächen sind feucht, und sie spürt, wie sich die Krumen der Raufasertapete hart in ihre Handballen bohren.

„Du hast ihr Gesicht, Magda!" Tobias stöhnt auf und fährt sich mit rauen Händen über die Augen. „Du sprichst mit ihrer Stimme, du gebrauchst ihre Redewendungen, du bewegst dich wie sie, du kleidest dich wie sie, du fühlst dich an wie sie, du riechst wie sie … aber du bist nicht sie, Magda - du bist nicht sie!"

„Wenn die Kinder nach Hause kommen, in der Küche Licht und dich dort wirtschaften sehen, springt ein Funke in ihnen auf, ein Funke von Hoffnung, Sehnsucht und Freude, der schon in der nächsten Sekunde zu schwärzester Asche verglimmt. Jeden Tag stürzen sie ein kleines Stückchen tiefer, siehst du das denn nicht? - Wenn du vor mir stehst, mich ansiehst mit ihren Augen, mich einhüllst in ihren Duft, möchte ich dich umarmen und an mich ziehen, möchte dich küssen und ins Schlafzimmer tragen ... ich würde jetzt, in diesem Moment, am liebsten über dich herfallen ... und doch könnte ich dich im selben Moment schlagen dafür, dass du mich zu diesem Verrat verleiten könntest und ich hasse dich, weil ich mich vor mir selber ekle ...“ Und während er schluchzend auf den Sessel sank, hatte sie leise die Wohnung verlassen.

„Ich kam völlig verstört nach Hause“, erzählt Magda, „ich war gekränkt, verletzt, fühlte mich zurückgewiesen und an der Erfüllung des Versprechens, das ich Lena gegeben hatte, gehindert. Und ohne dass ich es damals schon wusste, war dieser Abend auch das Ende meiner Beziehung zu Malte. Denn je mehr er versuchte, mir Tobias' und die Situation der Kinder zu verdeutlichen und um Verständnis für sie zu werben, desto mehr fühlte ich mich verraten und im Stich gelassen. Ich warf ihm Eifersucht vor, Eifersucht auf Lena, mit der ich nach wie vor und immer noch Zwiesprache halte. Er gab es zu, ja, er sei manchmal eifersüchtig auf sie gewesen, als sie noch lebte und er spürte, WIE nah wir uns waren, wie wir uns ohne Worte verständigten: Meistens brauchte es nicht einmal einen Blick, geschweige denn ein Wort, und wir waren uns einig, einig in unseren Anschauungen, Meinungen, Gedanken und Empfindungen. Vermutlich kann sich ein Nicht-Zwilling, selbst ein zweieiiger Zwilling, diese Übereinstimmung, dieses Identisch-Sein eineiiger Zwillinge einfach nicht vorstellen - und wir können es nicht beschreiben, weil es für uns etwas so Selbstverständliches, Natürliches ist, dass wir ebenso gut versuchen könnten, einem Fisch das Atmen erklären zu wollen ...

In den folgenden Wochen und Monaten schlitterten Malte und ich dem Gefrierpunkt entgegen. Als wir ihn erreicht hatten, ging alles ganz schnell: Malte fand eine Wohnung, packte seine Sachen und zog aus."

Ihr Blick hat sich gesenkt, klammert sich fest an ihren im Schoß verschränkten Händen. Jana wartet darauf, dass sie in Tränen ausbrechen soll, doch Magda hat keine Tränen mehr. Als sie wieder aufsieht, sind ihre Augen trocken, aber jede Farbe ist aus ihrem Gesicht gewichen. „Zum Abschied sagte er mir, er werde warten, bis ich den Weg zurück aus der Schattenwelt gefunden hätte. Da er mich aber mit seinen Versuchen, mir die Richtung zu weisen, offensichtlich nur immer tiefer ins Dunkel gestoßen habe, müsse er sich nun wohl oder übel zurücknehmen und in Geduld fassen. - Er nahm mich bei den Schultern und gab mir einen Kuss aufs Haar - aufs Haar, stellt euch das vor! Ich war so gekränkt, dass ich ihm die Tür vor der Nase zuschlug."

Sie atmet tief durch. „Es ist bestimmt nicht leicht gewesen für ihn. Lenas Tod hat mich von jetzt auf gleich in eine tiefe Depression gestürzt, das weiß ich heute. Und auch Tobias kann ich inzwischen verstehen, gut verstehen sogar: Es muss die Hölle für ihn gewesen sein, täglich seine Frau sehen, hören, riechen zu müssen und sich immer wieder zu vergegenwärtigen, dass das ja gar nicht seine Frau war! Ganz zu schweigen von den Kindern ... sie haben ein gefühlsmäßiges Tohuwabohu durchlebt!"

Magda schüttelt gedankenverloren den Kopf, streicht sich die Haare zurück und setzt sich gerade hin. „Seit damals habe ich keinen Kontakt mehr zu Tobias und Charlotte. Dennis ruft mich manchmal an, wenn er besonders traurig ist und einfach nur eine Schulter zum Anlehnen braucht. Dann gehen wir ein Eis essen oder ins Kino oder einfach nur an den See, wo wir gemeinsam schweigen", ihre Stimme scheint zu versagen, sie hat die Augen geschlossen, als sie flüstert: „Mit Malte konnte ich nicht einmal das mehr: gemeinsam schweigen. - Aber glücklicherweise hab ich ja meine Katzen ..."

Die Bitterkeit treibt ihr jetzt doch fast die Tränen in die Augen, sie zieht die Nase hoch und räuspert sich energisch. „Und letztendlich kann man es ihm auch nicht verübeln, dass er nicht mit einer Frau zusammenleben möchte, die sich ständig die Ohren zuhält, ihn immer wieder bittet, leise zu sprechen, die man nicht dem geringsten Stress aussetzen darf und die stattdessen immer wieder für Infusionen oder sonstige Behandlungen in die Notaufnahme gefahren werden muss ..."

„Ach ja, armer Kerl!", schnaubt Renate, und der Sarkasmus trieft nur so aus ihren Worten. „Ach, vielleicht auch nicht", sagt Magda bitter. „Seit letzter Woche weiß ich, dass er eine Neue hat." Es ist das erste Mal, dass sie diesen Satz ausspricht, hier in diesem Kreis der ihr vertrauten Frauen, und dankbar registriert sie, dass das Klingeln in ihren Ohren nicht lauter wird und ihr Kopf sich nicht mit Watte füllt.

„Meine Eltern haben ihre ganz eigene Art, mit Lenas Tod umzugehen", nimmt Magda den Faden wieder auf. „Natürlich konnten sowohl meine Mutter als auch mein Vater Lena und mich immer auseinander halten - es sei denn, wir legten es drauf an, verwechselt zu werden.

Aber als wir älter wurden, in den Jahren nach der Pubertät, versuchten wir ganz bewusst, uns zu unterscheiden: Wir trugen unterschiedliche Frisuren, kleideten uns unterschiedlich und gingen verschiedenen Hobbys nach. Doch irgendwie fühlte sich das alles nicht richtig an - die Kurzhaarfrisur war nicht das Richtige für Lena und der Tanzclub nicht das Richtige für mich - und so fanden wir schließlich zu unserem gemeinsamen Nenner zurück und waren froh, als Lena sich die Haare wieder wachsen ließ, wir wieder gemeinsam Tischtennis spielen gingen und wieder den gleichen lässigen Kleidungsstil pflegten. Und so sahen wir uns eben wieder zum Verwechseln ähnlich bis ... bis zuletzt."

Sie stockt, doch die Farbe ist in Magdas Gesicht zurückgekehrt, in Erinnerung an ihre Schwester hat sich ein liebevolles Lächeln darüber ausgebreitet. „Ja, und so problematisch unsere Ähnlichkeit für Tobias ist, so tröstlich scheint sie für meine Eltern zu sein. Je nachdem, ob sie gerade eine Beraterin oder eine Zuhörerin braucht, nennt meine Mutter mich ‚Magda' oder ‚Lena', und daran, dass sie mich in den letzten Monaten immer öfter ‚Lena' nennt, erkenne ich, dass ihr die Zuhörerin näher steht als die Beraterin - oder anders ausgedrückt: Dass sie die Zuhörerin inzwischen dringender braucht als die Beraterin - wobei ich dazu sagen muss, dass ich ihr inzwischen eher beim Schweigen zuhöre als beim Reden.

Mein Vater mag sich offensichtlich nicht festlegen. Wenn ich ihm gegenüberstehe, sehe ich das Flackern in seinen Augen. Er schwankt, er weiß nicht mehr wirklich, mit welcher von uns er es zu tun hat, und er weigert sich, das zu entscheiden. Er zieht sich aus der Affäre, indem er mich einfach ‚Mädchen' nennt. Für ihn waren wir immer seine Mädchen, auch als wir vor zwei Jahren unseren Vierzigsten feierten ... ja, Papa und seine Mädchen ... Er platzte immer vor Stolz, wenn er sich mit uns beiden fotografieren ließ: Eine in jedem Arm, strahlt er auf jedem Bild in die Kamera wie ein Honigkuchenpferd ..." Jetzt löst sich doch eine Träne aus ihrem Auge, nimmt ein bisschen Wimperntusche mit und kullert die Wange hinab bis ans Kinn. Mit einem entschuldigenden Lächeln wischt Magda sie fort.

„Tja, so leben die beiden in einer Art Kokon: Da sie nie über Lena sprechen, weder miteinander noch mit Tobias, den Kindern oder gar mit mir, tun sie so, als sei alles wie immer, als sei Lena an ihrem Platz, da, wo sie hingehört, und lebe ihr Leben, wie sie es sich für sie gewünscht haben, und alles ist völlig normal und in Ordnung, denn ich bin ja da - ich, Magda, die Lena-Stellvertreterin, austauschbar je nach Bedarf …"

„Charlotte und Dennis hatten von jeher das bessere Verhältnis zu Tobias' Eltern, und das hat sich natürlich seit Lenas Tod noch verfestigt, aber für mich ist es manchmal unerträglich, niemanden zu haben, mit dem ich über Lena reden kann … außer mit meinen Katzen natürlich." Ihr zärtliches Lächeln nimmt ein wenig von der Härte aus ihrem Gesicht, das nun doch wieder eckig und grau aussieht. „Eigentlich gehört Baucis nämlich Lena, wir haben die beiden damals zusammen aus dem Tierheim geholt. Aber Charlotte hat eine ganz böse Tierhaarallergie, und so zog Baucis sehr schnell bei mir ein."

„Ich hab mich in die Arbeit gestürzt", sagt Magda, stützt die Ellenbogen auf die Knie und das Kinn in die Hände. „Ich hab Überstunden ohne Ende, die werd ich in dieser Firma nicht mehr abfeiern können. Zuhause habe ich alles renoviert, die ganze Wohnung von oben bis unten: Ich habe die Decken gestrichen, die Wände tätowiert, marmoriert und strukturiert, ich habe neue Vorhänge genäht und Raffrollos installiert, habe die Küche blau und das Schlafzimmer rot getönt, habe das Gäste-WC neu gefliest und im Wohnzimmer einen Kamin installieren lassen … und letztendlich bin ich zum Holzhacken in den Wald gegangen und habe mir blutige Blasen und eine dicke Frostbeule zugelegt ... aber Erleichterung hat's mir nicht gebracht." -

„Wie gesagt: In unserer Familie regiert das Motto meiner Oma: ‚Reden ist Silber, Schweigen ist Gold'. Dieses Mantra habe ich jetzt gebrochen. Im Moment bin ich mir nicht sicher, ob das richtig war ..."

Das Schweigen, das ihr antwortet, vibriert. Es sendet Schwingungen aus, die Zuneigung mit Empörung, Verständnis mit Furcht, Mitgefühl mit Auflehnung verbinden, und Magda nimmt sie alle wahr und staunt mit angehaltenem Atem über die Empathie, in der sie sich aufgefangen fühlt wie in einem weit gespannten Netz.

Noch einmal holt sie tief Luft: „Und wenn ihr ja auch nicht gerade Experten für Hörsturzgefährdete seid", - allseitiges Schmunzeln bestätigt diese Aussage - „so habe ich durch euch in den vergangenen Wochen doch unglaublich viel gelernt."

„Ich auch", flüstert Jana und kühlt sich mit beiden Händen die glühenden Wangen. „Ja, ich auch", nickt Katharina und hat zum ersten Mal nicht das Bedürfnis, die Fenster aufzureißen. „Ich glaub, ich auch", brummelt Renate und flüchtet sich in ein kleines Hüsteln, und Maria steht auf, geht zu Magda hinüber und zieht ganz sanft ihren Kopf an ihre Brust.

Zwei Jahre später - 15. August

Montag, 18.30 Uhr - nein, 18.37 Uhr:

Wie üblich ist Magda die letzte, die ihre Tasche über die Stuhllehne hängt und sich aufatmend auf den Sitz fallen lässt. „Entschuldigt bitte!", sie ist immer noch atemlos. „Aber ich musste mit Baucis noch unbedingt zum Tierarzt, und da steppte der Bär, es hat alles ewig gedauert und dann ..." Jana hebt irritiert den Kopf aus der Speisekarte und fragt: „Ein Bär? Ich dachte, das sei eine Kleintierpraxis?", und als Renates dröhnendes Gelächter verebbt, klappt sie die Speisekarte zu und sagt: „Ich glaub, ich weiß, was ich nehme." „Eine mittlere Pizza Hawai mit einem kleinen Beilagensalat und eine Apfelsaftschorle!", ertönt es im Chor, doch Jana richtet sich auf, grinst spitzbübisch in die Runde und sagt: „Oh nein, ihr irrt euch! Denn heute nehme ich .... ein Glas Rotwein dazu!" „Wow", staunt Renate, „gibt's was zu feiern?"

Jana kommt nicht mehr dazu zu antworten, denn schon nähert sich Luigi mit gezücktem Block und Stift. „Ciao, Signorinas, ciao. Come sta?" Trotz der sommerlichen Hitze, die auch in diesen frühen Abendstunden noch auf der Restaurantterrasse lastet, ist Luigi gut gelaunt und bringt dies auch lautstark zum Ausdruck. „Haben Sie gewählt, Signorinas? Was darf ich bringen? Alles wie immer?" Er braucht eigentlich weder Block noch Stift, denn in den zwei Jahren, in denen sie sich nun regelmäßig einmal im Monat hier im „La Luna Napolitana" treffen, sind sie alle ihren jeweiligen Vorlieben treu geblieben:

Katharina bestellt grundsätzlich einen Chefsalat mit gegrillten Putenstreifen, dazu ein Tonic; Maria liebt die Kartoffelecken mit Tsatsiki und gebratenen Champignons, dazu gönnt sie sich ein Alsterwasser; Renate kehrt trotz regelmäßigen Studiums der Speisekarte immer wieder zu gedünstetem Lachs im Gemüsebett zurück und genehmigt sich ein Bier dazu, während Magda den Calamares auch heute nicht widerstehen kann („ich finde, einmal im Monat darf man sündigen, oder?") und dazu wie üblich auch ein Tonic bestellt.

„Alles klar, Signorinas", strahlt Luigi und wendet sich mit einer rasanten Drehung zum Gehen, als Jana ihn zurückruft. Zaghaft hebt sie die Hand mit dem ausgestreckten Zeigefinger und sagt fast verschämt: „Ich möchte aber heute bitte keine Apfelsaftschorle, sondern ein Glas Lambrusco, ja?" „Oh, Signorina, Sie werden uns doch nicht leichtsinnig?", scherzt Luigi und zwinkert ihr demonstrativ zu. Natürlich wird Jana sofort wieder rot, lacht ihm jedoch offen ins Gesicht. „Tja, wer weiß", antwortet sie geheimnisvoll, „warten wir's ab …"

Die fünf Frauen sind Luigi inzwischen recht vertraut. Einmal im Monat treffen sie sich in seinem Restaurant, sitzen im Winter an dem Tisch hinten links in der Ecke, im Sommer, sofern das Wetter es zulässt, hinter der gläsernen Terrassenwand, wo der Wind nicht ankommt und die ausgekurbelte Markise vor zuviel Sonne und eventuell einsetzendem Regen schützt.

Er weiß, welche von ihnen immer die erste ist (es ist die jüngste der fünf, die, die sich heute den Rotwein gönnt) und welche die letzte (nämlich die, die auch heute wieder die letzte war und immer außer Atem ist, wenn sie sich endlich niederlässt), und er weiß, dass sie sich hier bei ihm nicht nur treffen, um gemeinsam zu essen und dabei Adriano Celentano zu lauschen, sondern auch, um in Ruhe und ungestört miteinander reden zu können, weshalb er sich immer diskret im Hintergrund hält und sich ihrem Tisch nur nähert, wenn sie ihm ein Zeichen geben.

Luigi kann sich an nur wenige Abende erinnern, an denen die Runde nicht vollständig war: Einmal hockten sie nur zu dritt dort, weil die anderen beiden gemeinsam im Auto gekommen und in einen Unfall verwickelt worden waren, und einmal, das muss im letzten Winter gewesen sein, waren sie nur zu viert und sehr bedrückt, und als schließlich die jüngste von ihnen, die sie Jana nennen, auch noch angefangen hatte zu weinen, hatte er ihnen eine Runde Grappa gebracht, „auf Kosten des Hauses", was sie dankbar angenommen und ihm erklärt hatten, das die in ihrer Runde fehlende, Katharina, gerade Witwe geworden sei. Er hatte sich bekreuzigt, ihnen allen sein Beileid ausgedrückt und sich auch einen Grappa genehmigt.

In all den Monaten sind ihm auch die Veränderungen nicht entgangen, die mit der einen oder anderen aus der Runde vor sich gegangen sind: Gerade diese Jana, die mit dem Rotwein, hat sich ordentlich gemausert, findet Luigi. Ihre Haare sind im Laufe der Zeit immer kürzer geworden, der Schnitt immer pfiffiger, was sie natürlich noch jünger aussehen lässt. Den ominösen Faltenrock, den sie anfangs immer trug, hat sie mittlerweile gegen Jeans oder, bei Temperaturen wie den augenblicklichen, gegen eine dunkelblaue, leinene Marlene-Hose getauscht, die endlich erkennen lässt, was für eine weibliche Figur sie hat. Zwar verzichtet sie mittlerweile ganz auf Make up, aber das macht nichts, findet Luigi, denn ganz offensichtlich konnte sie mit Lidstrich und Mascara sowieso nicht umgehen, denn oft genug sah sie aus, als habe sie gerade Schläge einstecken müssen. So, wie sie da jetzt am Tisch sitzt, so frisch und natürlich, gefällt sie ihm viel besser.

Die andere, die vor ein paar Monaten gerade ihren Mann verloren hat, ist seitdem ganz weißhaarig geworden. Sie hat so ein liebes Gesicht, findet Luigi, so wie seine Mamma in Neapel, nur dass seine Mamma nicht so viel mit den Augen plinkert, wie diese Katharina es sich seit kurzem angewöhnt hat. Naja, nach so einem Schicksalsschlag spielen die Nerven schon mal verrückt, denkt Luigi, das gibt sich wieder, wenn sie zur Ruhe gekommen ist.

Heute Abend scheint die Stimmung am Tisch hervorragend zu sein, die Frauen reden lebhaft durcheinander, lachen und prosten sich zu. „Ich werde Oma!", sagt Katharina gerade und strahlt übers ganze Gesicht. „Stellt euch vor, unser Sören wird Vater! Sieben Jahre sind die beiden nun schon verheiratet, und wenn ich ehrlich sein soll, hatte ich schon nicht mehr dran geglaubt … aber jetzt hat's geklappt, und Anfang Dezember ist es schon soweit. Die beiden hatten zuviel Angst, dass in den ersten Monaten noch etwas schief gehen könnte, und so haben sie's bis jetzt für sich behalten. Und stellt euch vor, Carolin ist Ende des fünften Monats - und man sieht noch fast gar nichts!" Sie hebt ihr Glas und nimmt die Gratulationen und guten Wünsche entgegen, die von allen Seiten auf sie niederprasseln, doch als sie das Glas absetzt, legt sich ein Schatten auf ihr Gesicht: „Ach ja ... so schade, dass mein Rudi das nicht mehr miterlebt hat. Sören war ja doch immer sein Liebling, auch wenn er uns am meisten Sorgen gemacht hat, und Rudi hat immer gewartet, dass sein Sohn ihm eines Tages seinen Sohn in den Arm legen soll ... tja, und nun wird es ein Mädchen." Sie lacht leise auf und dreht das Glas in den Händen. - Dass Annika vor kurzem bereits die zweite Abtreibung hat machen lassen, weil ein Kind im Moment „irgendwie nicht passt", behält sie lieber für sich.

„Wer sagt dir, dass dein Rudi es nicht längst weiß?", fragt Maria leise, und ihre Blicke treffen sich über den Tisch hinweg. „Vielleicht wusste er es schon lange vor dir? Denn du weißt doch: ,Wo sich eine Tür schließt, da öffnet sich eine andere', und wenn du mal zurückrechnest, dann ist dieses neue Leben gerade in der Zeit entstanden, in der dein Rudi das seine hier beendet und sich auf die große Reise begeben hat."

Katharina zieht mit der Gabel Linien über das Tischtuch. Sie bewegt lautlos die Lippen, schließlich nimmt sie die Finger zu Hilfe. „Stimmt, du hast Recht", staunt sie. „Mein Rudi ist am 1. März gestorben, da muss die Kleine gerade im Entstehen gewesen sein ... Wer weiß, vielleicht hat sie ja den Dickkopp ihres Opas geerbt, dann tun die Eltern mir jetzt schon leid ...", und lachend wischt sie sich eine Träne von der Wange. „Darauf trinken wir!", sagt Renate, und mit leisem Klirren stoßen die Gläser aneinander.

„Wie gehen die Geschäfte?", wendet sich Magda jetzt an Maria. „Seid ihr zufrieden?" Maria nickt, angelt nach ihrer Tasche und kramt darin herum. „Ich hab euch Fotos mitgebracht", sagt sie und breitet eine Handvoll auf dem Tisch aus. „Wie ihr seht, haben wir ein neues Türschild bekommen!" Stolz weist sie auf eine Aufnahme, auf der der Eingang zu ihrem Geschäft zu sehen ist, genau genommen zu Leas Geschäft, denn Maria hat es von Anfang an auf den Namen ihrer Tochter eintragen lassen. „Leas grüner Daumen" ist da zu lesen auf einem geschwungenen Holzschild, das sich über einer dunkelgrün-weiß gestrichenen Ladentür wölbt. Auf den Stufen darunter stehen Maria und ihre Tochter Lea, beide strahlend vor Glück.

Weitere Fotos zeigen Aufnahmen der zwei Schaufenster, in denen braune und rote Kartoffeln in geflochtenen Körben, zu Pyramiden aufgetürmte Weißkohlköpfe und strahlenförmig angeordnete Spitzpaprika zu sehen sind, Auberginen, Avocados, Mirabellen, Zwetschen, dazwischen ein riesiger Gladiolenstrauß in feurigem Rot und ein Weidenkörbchen mit den ersten Steinpilzen, die so appetitlich aussehen, dass Renate das Wasser im Mund zusammenläuft.

„Inzwischen sind wir dabei, das dritte Gewächshaus zu errichten, und vorgestern hat Lea noch eine Hilfe einstellen müssen, einen jungen Mann, der gerade erst hergezogen ist und noch keine Arbeit gefunden hat. Allein war es nicht mehr zu schaffen, und ihr wisst ja (sie hebt mit der linken ihre rechte Hand in die Höhe): Eine große Hilfe bin ich nicht."

„Also, jetzt stell aber dein Licht nicht unter den Scheffel", schimpft Magda und nimmt die Brille ab, um sie in der Serviette zu putzen. „Als ich letzten Freitag meinen Wochenendeinkauf bei euch machte, hab ich dich beim Fenster putzen erwischt, und so ganz nebenbei hast du noch neue Ware eingeräumt, Äpfel poliert und mich bedient, und ich möchte nicht wissen, wie lange du jeden Abend sitzt, um den Kassensturz zu machen."

Maria wiegt lächelnd den Kopf, sie fühlt sich ertappt. „Aber es macht ja auch so viel Spaß", sagt sie, nimmt ebenfalls ihre Brille ab und hält sie gegens Licht. Magda ergreift sie, zückt erneut ihre Serviette und wienert Marias Brille, bis sie glänzt. Dann setzt sie sie Maria wieder auf die Nase. Sie lachen, und Maria sagt: „Ich glaube, unser Kundenstamm wird von Woche zu Woche größer. Wir haben schon ernsthaft überlegt, dazuzukaufen, aber das widerspricht unserer Geschäftsmaxime. Dieser Sommer hat es uns leicht gemacht, alles was wir brauchten in unseren eigenen Gewächshäusern und dem großen Garten zu ziehen, und neulich ist ein junger Gärtnereibesitzer an Lea herangetreten und hat ihr das Angebot gemacht, mit seinem Betrieb zu fusionieren. Zuerst war sie empört und hätte ihn fast rausgeschmissen, doch dann hat sie sich zu einer Besichtigung seiner Ländereien bereit erklärt … und ich habe das Gefühl, als könne es mit der Fusion etwas werden." Sie lächelt vielsagend: „So oder so …"

In diesem Moment erscheint Luigi, wie immer hat er es geschafft, vier Gerichte auf einmal auf seinen Armen zu balancieren. Magda beobachtet ihn auch heute wieder, wie er mit elegantem Schwung die entsprechenden Teller vor dem jeweiligen Gast platziert, und wie schon so oft fragt sie sich, wieso er sich mit vier Gerichten auf einmal abmüht, wenn er für das fünfte doch sowieso wieder in die Küche laufen muss? ‚Berufsehre', hat Malte es genannt, und Magda zuckt die Schultern und greift nach ihrer Serviette.

„Hmmmm", macht Renate und wedelt sich mit der flachen Hand den Duft ihres gedünsteten Fisches zu, „Knoblauch, Estragon und Olivenöl … was könnte es Schöneres geben?" Mit geschlossenen Augen genießt sie noch einen Moment, dann, als auch Jana ihre dampfende Pizza vor sich stehen hat, wünscht sie allen einen guten Appetit und führt die erste Gabel voll zum Mund.

Stille senkt sich über den Tisch, nur leises Klappern von Besteck auf Geschirr ist zu hören. Magda grinst in die Runde: „Immer diese gefräßige Stille .." „Ist doch ein Zeichen für die gute Küche hier", meint Katharina, und Renate bestellt sich noch ein Bier. Als Luigi es kalt und perlend vor ihr abstellt, ergreift sie es und sagt: „Ich hab nämlich auch was zu feiern heute: Ich fliege übermorgen für drei Wochen nach Sri Lanka!"

Erstaunte Ausrufe, Fragen und Kommentare von allen Seiten, und als sie endlich die Gabel sinken lässt und zu Wort kommt, erklärt sie ihnen, dass ihr Sohn im Lotto gewonnen und die ganze Familie zu dieser Reise eingeladen hat. „Die ganze Familie?", fragt Jana vorsichtig, und Renate grinst: „Klar - Marco, seine Frau Andrea, die beiden Kinder … und mich!" „Oh Mann, und ich dachte schon, dein Ex käme auch mit", stöhnt Magda, und Renate amüsiert sich köstlich. „Nein, das nicht", sagt sie, wieder ernst geworden. „Aber ich habe ihn kürzlich getroffen, er sieht nicht gut aus."

Kopfschüttelnd stochert sie in ihrem Gemüse herum, lässt dann die Gabel sinken und blickt auf. „Er hat es zwar nicht zugegeben, aber schließlich kenne ich ihn schon ein paar Tage länger: Einen glücklichen Eindruck machte er nicht. Aber vielleicht hatte er ja auch nur einen schlechten Tag, es war schrecklich heiß und schwül letzten Mittwoch, und an solchen Tagen hat er oft unter Migräne zu leiden …" Dass er mindestens zehn Pfund abgenommen hat und trotz der Sonnenbräune erschreckend grau im Gesicht war, verschweigt sie lieber. Sie macht sich Sorgen um ihn, sie ist sicher, dass etwas mit ihm nicht in Ordnung ist.

Aus dem Inneren des Restaurant ertönen jetzt laute Stimmen, irgendjemand wird temperamentvoll begrüßt, eine Frau lacht hell auf und versucht, die Männerstimmen zu übertönen, das Ganze durchsetzt mit italienischen Brocken und demonstrativem Frohsinn. Als die neuen Gäste jetzt in der Terrassentür erscheinen, ziehen sie automatisch alle

Blicke auf sich, was ihnen jedoch keineswegs unangenehm zu sein scheint, denn die Frau mit den raspelkurzen, feuerroten Haaren, die sich kichernd und auf mörderischen High Heels am Arm eines weiß gekleideten Mannes windet, genießt diese Aufmerksamkeit ganz offensichtlich, sie ist nicht geneigt, ihre Lautstärke zu drosseln.

„Oh Luigi, tesoro mio", ruft sie und breitet die Arme so weit aus, dass man den üppigen Haarwuchs in ihren Achselhöhlen erkennt, „das schreit geradezu nach einer Flasche Champagner ...", und erneut in schrilles Lachen ausbrechend lässt sie sich von ihrem Begleiter an einen Tisch am Rand der Terrasse führen, wo sie unter einem Sonnenschirm Platz nehmen.

„Ein Glück", flüstert Maria, von der Magda einen Kommentar zu dieser Szene am wenigsten erwartet hätte, „so weit weg wie möglich ..." Auch Luigi scheint um das Wohl seiner übrigen Gäste besorgt zu sein, denn inzwischen hat er die Lautstärke der Hintergrundmusik ein wenig gesteigert, so dass die Gitarrenklänge das immer wieder aufflammende Gelächter der Frau dämpfen.

Mit gerunzelter Stirn starrt Magda hinüber. „Kümmer dich nicht um sie", flüstert Jana. „Vermutlich hat sie vorher schon reichlich Champagner gehabt." „Die kenn ich doch", murmelt Magda, „die kenn ich doch ...", und während sie gedankenverloren einen der köstlichen Calamar-Ringe in den Mund schiebt, lässt sie die Frau dort hinten nicht aus den Augen. Auch Renate kommt nicht umhin, immer wieder die Blicke schweifen zu lassen, ist jedoch genauso ratlos wie Magda. Bis diese plötzlich das Besteck sinken lässt, sich zurücklehnt und sagt:

„Stellt euch die Frau mal mit anderen Haaren vor! Stellt sie euch bitte mal mit langen, dunkelblonden Krisselhaaren vor, die sie mit einem Gummi zum Pferdeschwanz gebunden hat. Stellt sie euch ohne Make up und High Heels, dafür in einem langen grauen Strickmantel vor ... na? Erkennt ihr sie?" Triumphierend schiebt sie sich den nächsten Tinten-fischring in den Mund und grinst übers ganze Gesicht. Stille ist eingetreten an ihrem Tisch, absolute Stille. Alle starren wie gebannt hinüber zum Tisch an der Außenseite der Ter-rasse, mit offenen Mündern, die Gabeln auf halber Höhe steckengeblieben.

„Du meinst doch nicht ..." „Bist du sicher?" „Du glaubst, das sei ... Vera-Veritas?" Jana schreit es fast. „Pscht!", mahnt Renate denn auch und macht Jana wilde Zeichen. „Sie muss uns doch nicht unbedingt sehen!", woraufhin Ja-na sich in Panik hinter ihrer Serviette versteckt und Maria spontan zur Speisekarte greift, um sich Luft zuzufächeln. Magda und Renate grinsen sich an, während Katharina sich halb von ihrem Stuhl erhebt, um überhaupt etwas sehen zu können.

„Meine Güte, hat die sich verändert!", staunt sie und sinkt kopfschüttelnd zurück. „Nie im Leben hätt ich die wiederer-kannt - niemals!" Jana kann es noch nicht fassen. „Das ist sie nicht, Magda, das kann sie gar nicht sein. Sieh doch nur, wie die sich benimmt - so laut, so affig, so ... unanständig. Nein, das glaub ich nicht, das ist sie nicht ..." Maria lugt noch einmal hinter der Speisekarte hervor, rückt dann müh-sam ihren Stuhl ein wenig herum und sagt: „Oh doch, das ist sie, Jana! Magda hat Recht. Auch wenn man's kaum glauben kann, aber sie ist es."

In diesem Moment steht der Mann in Veras Begleitung auf, rückt einen zweiten Sonnenschirm heran und kippt ihn so, dass er die immer noch kichernde Frau verdeckt. „Ent-spann dich", flüstert Magda und nickt Maria zu, „er hat sie abgeschirmt, sie kann uns nicht mehr sehen." Und aufat-mend lehnen sie sich zurück.

„Puh, das war knapp", sagt Magda und winkt Luigi mit ihrem leeren Glas. Dann, als sie das neue in Händen hält, erhebt sie es und verkündet: „Wenn ich nicht noch Auto fahren müsste, würde ich auch einen Wein trinken, denn ich hab auch was zu feiern!" Als sie sicher sein kann, dass alle vier ihr ihre volle Aufmerksamkeit schenken, sagt sie strahlend: „Zum nächsten Ersten wird Malte wieder bei mir einziehen." Jana klatscht begeistert in die Hände, Maria greift zu ihrem Alsterwasser und Katharina und Renate brechen in Jubel aus, während Magda spürt, wie sie vor Freude knallrot wird.

„Vor vier Wochen ungefähr stand er plötzlich vor meiner Tür", erzählt sie und lächelt bei dem Gedanken an das Herzklopfen, das sie bei seinem Anblick empfand. „ich wollte ihn nicht reinlassen, ich bildete mir ein, fertig zu sein mit ihm und hatte keine Lust auf noch mehr Schmerz und noch mehr Verlust. Aber er gab nicht auf, und irgendwann hatte er es geschafft: Wir sind uns wieder sehr nahe, eigentlich näher als jemals zuvor."

„Trotzdem haben wir eine Probezeit vereinbart. Bis Weihnachten haben wir Bewährung, er genauso wie ich. Das ist nicht lang, da nämlich der ganze September wegfällt: Sobald Malte eingezogen ist, werde ich den Jakobsweg gehen, ganz allein und mindestens vier Wochen lang. Malte versorgt während der Zeit die Katzen, so dass ich mir um sie keine Sorgen zu machen brauche. Aber diese Zeit für mich, diese Möglichkeit, wieder zu mir selbst zu finden, brauche ich, und ich bin froh, dass ich sie mir nehmen kann."

„In den letzten Wochen habe ich schon angefangen zu trainieren", grinst sie und zieht ein Foto aus der Tasche. „Ich hab meinen Rucksack vollgepackt mit allem, was mir in die Hände kam und ihn mit gut neun Kilo befüllt, ich habe mir neue Wanderstiefel gekauft und einen Schlafsack, und so wandere ich zur Zeit abends durch Feld und Flur, immer in der Hoffnung, dass ich niemandem begegne, den ich kenne." Sie lacht und zeigt das Foto herum, das Malte von ihr aufgenommen hat, als sie sich ihm „in voller Montur" präsentierte.

„Oh wie schön", strahlt Maria, „ach, das freut mich so für dich!", und spontan steht sie auf und drückt Magda an sich so fest sie kann. „Na, also darauf hätten wir aber wirklich mit einem Sekt anstoßen müssen", sagt Renate kopfschüttelnd, aber fröhlich lächelnd, nur um im selben Moment zu erstarren, als nämlich ausgerechnet die sonst so schüchterne Jana aufspringt und Luigi wilde Zeichen macht. „Luigi, schnell - einen Sekt für uns alle, ja? Wir haben Grund zu feiern!" Und als sie ihre Gläser in Händen halten - „Der geht auf mich!", sagt Jana -, als Luigi sich diskret wie immer zurückgezogen hat, setzt Jana sich in Positur, räuspert sich, fährt sich mit der Zunge über die trockenen Lippen und eröffnet ihnen feierlich, dass dies das letzte Mal ist, dass sie an dieser Runde teilnimmt. Unverständnis spiegelt sich auf den Gesichtern, Schock und Unglaube, und wütend stellt Renate ihr Glas ab und faucht: „Du glaubst doch nicht, dass ich darauf auch noch trinke?"

Doch Jana lächelt sie an, Tränen stehen in ihren Augen, und fast flehend sagt sie: „Och bitte, Renate, mir zuliebe. Bitte, stoß mit uns an. Ich geh doch in zwei Wochen nach Schweden - ich zieh zu meiner Frau."

„Aber, Jana, sprichst du denn überhaupt schwedisch?", fragt Magda erschrocken, und die Besorgnis steht ihr ins Gesicht geschrieben. „Ich meine, so ganz ohne Sprachkenntnisse ..."

Einen langen Augenblick herrscht Stille. Dann prusten sie los, und als Jana sich endlich die Lachtränen von den Wangen wischt, um Atem ringt und sich den schmerzenden Bauch hält, japst sie vergnügt: „Hach ... danke! Es tut so gut mit euch zu reden." Und Katharina, die bereits ein Taschentuch gezückt und sich die Augen getrocknet hat, fügt, immer noch lachend, hinzu: „Ich sag's ja, ihr Lieben: Schweigen ist Silber, Reden ist Gold. - Prost!"

Familiendrama in Lübeck

„Ein 53 Jahre alter Mann hat gestern am späten Nachmittag seine 26-jährige Tochter an der Bushaltestelle Kohlmarkt/Ecke Breite Straße erschossen. Der Mann hatte der jungen Frau offenbar aufgelauert und sie mit einem gezielten Schuss getötet. So titeln am Dienstag, 22. April, die ‚Lübecker Nachrichten'." Damit steht der Mörder schon zu Beginn von Christiane Gezecks Roman „Am Ende der Dämmerung" fest. Was fehlt, ist ein Motiv. Der Leser wird mitgenommen auf die mühsame Spurensuche in einer äußerlich harmonischen Familie. Genug Lokalkolorit wird ihm dabei geboten: Ganghäuser, Musik, detailgenau werden Schauplätze wie das Stadtcafé und – natürlich – Niederegger beschrieben sowie eine Radtour am Ratzeburger See. Die Idee kam der Autorin aus Nusse, die bisher mit ihren „Geschichten für Tierliebhaber" großen Zuspruch fand, übrigens nach der Lektüre einer Zeitungsmeldung in den LN.

Christiane Gezeck
Am Ende der Dämmerung
Verlag Shaker Media
192 S. 14,90 €

Lübecker Nachrichten 26./27. August 2012

Christiane Gezeck

Das Geräusch

Ein 5-Parteien-Mietshaus in Kiel. Seit einiger Zeit hört Ellen ein seltsames Geräusch: Es klingt nicht wirklich menschlich und nicht wirklich tierisch, es ist kläglich und abgehackt und immer öfter zu hören ... und es kommt aus der Wohnung ihrer neuen Nachbarn.

Christiane Gezeck
Das Geräusch
Roman

Irgendwann glaubt Ellen, die Ursache zu kennen: Der dicke Herr Lauterberg vergeht sich an seiner kleinen Tochter Sarah! Oder doch nicht?

„Hinsehen, nicht wegsehen" war von jeher Ellens Motto, und gemeinsam mit ihrem guten Freund Georg versucht sie, den Dingen auf den Grund zu gehen und sich Gewissheit zu verschaffen. Doch wo auch immer sie sich hinwendet: Die Ratschläge, Bedenken und Warnungen könnten widersprüchlicher nicht sein. Rettet sie mit ihrer Anzeige ein Kind aus der häuslichen Hölle - oder zerstört sie mit falschen Anschuldigungen das Leben einer intakten Kleinfamilie?

Nach langem Kampf entschließt sie sich, das Jugendamt zu informieren: „Morgen", dachte Ellen, als sie sich in ihrem Bett zusammenrollte und das Licht löschte. „Morgen ruf ich an ... bestimmt. Ganz bestimmt." - Doch dann kommt alles anders (... und nicht ganz zufällig ist der Tierheimhund Dieti an der Zerschlagung des Gordischen Knotens beteiligt ...).

Auch vom Verkauf dieses Buches profitiert selbstverständlich wieder der **ALBA Tierschutz, Madrid.**

(Leseprobe unter www.christiane-gezeck.de*)*
Zu beziehen über mich unter:
chr.gezeck@googlemail.com oder www.christiane-gezeck.de,
über den Verlag BoD, amazon.com oder jede ortsansässige Buchhandlung.
Ebenfalls erhältlich als E-Book übers internet.